CHRISTIAN BOURGOIS ÉDITEUR
8, rue Garancière - Paris VIe

Du même auteur
dans la même collection

BANDINI, n° 1915.
DEMANDE A LA POUSSIÈRE, n° 1954.
MON CHIEN STUPIDE, n° 2026.
RÊVES DE BUNKER HILL, n° 2056.
LE VIN DE LA JEUNESSE, n° 1998.

L'ORGIE

suivi de

1933 FUT UNE MAUVAISE ANNÉE

PAR

JOHN FANTE

Traduit de l'anglais
par Brice MATTHIEUSSENT

10|18

CHRISTIAN BOURGOIS ÉDITEUR

Titre original:
The Orgy (West of Rome)
1933 Was a Bad Year

ISBN-2-264-01452-0

L'ORGIE

I

Il s'appelait Frank Gagliano, et ne croyait pas en Dieu. C'était le personnage le plus singulier, le plus étonnant de toute la corporation du bâtiment – un poseur de briques gaucher. Comme mon père, Frank était originaire de Torcella Peligna, une bourgade escarpée des Abruzzes. Maigre comme une araignée, il portait toute l'année une casquette en cuir et des bandes molletières, et ses jambes étaient si arquées qu'un chien pouvait se glisser entre elles sans les toucher.

Souvent, mais pas toujours, Frank était le meilleur ami de mon père. Mais il était toujours et sans exception l'ennemi mortel de ma mère. Pour le mode de pensée de ma mère, Frank Gagliano était un disciple malfaisant du diable dont la philosophie sinistre glaçait le sang. Après le scandale du prêtre défroqué, elle considérait l'athéisme comme l'état le plus dégradant de l'humanité.

J'avais dix ans en cet été 1925 dans le Colorado et j'étais assis sur les marches du porche avec Buck, mon airedale, quand mon père et Frank sont arrivés dans Arapahoe Street. Bien avant de les voir, j'ai entendu la voix stridente et métallique de Frank, si puissante et graillonnante que les ormes en tremblaient presque. Buck a ouvert un œil, dressé les oreilles et commencé de gronder, car il éprouvait envers Gagliano la même répugnance que ma mère qui, ayant entendu la voix tonnante, sortait maintenant sur le porche de devant, un balai à la main. Ses yeux verts étincelant de colère, elle s'est campée au-dessus de Buck et de moi comme un ange hallebardier montant la garde devant la tombe de Notre Seigneur.

Lorsque Frank et mon père sont entrés dans la cour, les poils du dos de Buck se sont hérissés comme des piquants de porc-épic et il a grondé en montrant les crocs. Ma mère a dirigé la paille de son balai vers les arrivants.

« Pas un pas de plus, Frank Gagliano! » elle a ordonné. « Vous n'êtes pas le bienvenu dans cette maison. »

Frank et mon père se sont figés.

« Vas-tu arrêter ce cirque? » a demandé Papa. « Cet homme est mon ami. Il va boire un verre de vin avec moi; ce qu'il pense ne te regarde pas. » Il a saisi le bras de Gagliano. « Viens, Frank. Ne fais pas attention. C'est aussi ma maison. »

Mais Frank n'a pas bougé. Un sourire suave aux lèvres, il a levé la paume de sa main. « Attends une minute », il a dit. « Réglons ça une bonne fois pour toutes. Madame, vous n'appréciez peut-être pas mes convictions, mais vous ai-je jamais causé le moindre tort? »

« Vous haïssez Dieu! » a riposté ma mère. « Et l'homme qui hait Dieu ne profanera pas la maison où je vis avec mon mari et mes enfants. »

« Vous vous trompez complètement, m'dame », a dit Frank en essayant de garder son calme. « Je ne *hais* pas Dieu. Simplement, je ne crois pas en lui. »

Ma mère en est restée bouche bée. Frank n'aurait pu proférer pire sacrilège. Gênée de s'être laissée aller à lui adresser la parole, elle a foudroyé mon père du regard.

« Fais-le décamper », elle lui a commandé. « S'il entre, je pars. » Elle a croisé les bras en serrant son balai contre elle. « Choisis. Lui ou moi. »

Son ultimatum a fait se lever Buck, tandis qu'un grondement sauvage sourdait d'entre ses côtes. Les petits yeux noirs de Frank se sont fixés sur le chien.

« Je ne voudrais pas, en plus, avoir des ennuis avec votre chien », il a dit.

Mon père a lancé un regard mauvais à Mama tout en posant une main amicale sur l'épaule de Frank. « Voilà ce qu'on va faire, Frank. Contourne la maison jusqu'à la cabane à outils; je vais chercher le vin. Là-bas, nous serons tranquilles pour boire un verre. »

« Ça me va », a dit Frank. Il regardait Buck. « Mais je me méfie de ce sale clebs. »

« Il t'embêtera pas », a répondu papa. « C'est de la frime. Du bluff. »

« C'est pas vrai! » j'ai protesté. « Buck n'hésite jamais à se battre! »

Frank a fait un pas en avant. Aussi vive qu'une jeune fille, ma mère a descendu les marches du porche pour lui barrer le passage. Buck était contre ses jambes; babines retroussées, il grondait de plus en plus fort.

« Tire-toi de là, Buck! » a ordonné mon père. Il s'est tourné vers moi. « Débarrasse-nous de ce cabot. »

Aussitôt je me suis levé pour saisir le collier de Buck. Mais le chien a fait volte-face et m'a mordu trois doigts. Pas un coup de dents vicieux et profond, simplement une façon de m'avertir de rester en dehors de tout ça.

J'ai sucé mes doigts en hurlant. Ma mère a retiré ma main de ma bouche pour examiner les marques de croc sur mes articulations. La peau n'était pas entamée.

« Vous voyez ce que vous venez de faire? » elle a dit méchamment à Frank. Furieuse, elle a pointé son balai devant elle comme une baïonnette. « Allez-vous-en de ma propriété! »

« *Ta* propriété? » La voix de mon père était désolée.

Frank a reculé vers la rue.

« Laisse tomber », il a dit en se moquant. « Oublions tout ça! » Le tonnerre de sa voix a fait trembler le voisinage. « Je remarque vite quand on ne veut pas de moi. »

Il s'est éloigné sur le trottoir, Buck trottant sur ses talons, aboyant vers les bandes molletières, pendant que mon père appelait vainement le chien. Brusquement, Frank Gagliano s'est retourné pour décocher un coup du pied gauche à Buck; le pied a manqué son but, mais le chien a hurlé de peur avant de se sauver dans la rue, d'où il a continué d'aboyer furieusement en suivant Frank à bonne distance.

Mes parents étaient maintenant face à face. C'était l'une de ces rares occasions où ma mère avait réussi à imposer sa volonté lors d'une crise familiale. La force de son indignation, ses yeux étincelants, sa détermination à ne pas céder devant les ricanements amers de mon père ont contraint celui-ci à se réfugier dans le dégoût et la stupéfaction. Il s'est effondré sur les marches du porche, a saisi sa tête à deux mains et s'est balancé d'avant en arrière.

« Mon Dieu, aidez-moi », il gémissait.

Ma mère est passée devant lui pour entrer en coup de vent dans la maison, faisant claquer derrière elle la porte grillagée. Il a pris un mégot de cigare dans sa poche de chemise et l'a glissé sèchement dans sa bouche. Tandis qu'il fouillait dans son pantalon à la recherche d'allumettes, la porte grillagée s'est violemment ouverte, et Mama est revenue en serrant une bouteille de vin couverte de paille contre sa poitrine. J'ai reconnu la bouteille. Elle contenait de l'eau bénite – spécialement consacrée pour les usages domestiques.

(Ma mère et ma grand-mère avaient recours à cette eau bénite en maintes circonstances. On en éclaboussait dans la chambre des malades, ou dans une chambre où un enfant s'était réveillé en hurlant à cause d'un cauchemar. On en répandait sur le montant de la porte pendant un orage violent. Mais chez nous, elle servait surtout au grenier où, deux ou trois fois l'an, nous entendions des bruits de pas inexpliqués.)

Ma mère a débouché la bouteille, puis descendu les marches du porche jusqu'à l'endroit où Frank Gagliano s'était arrêté. Elle a versé de l'eau dans sa paume, puis l'a répandue par terre. Ensuite, elle a suivi l'allée jusqu'à la rue en jetant de l'eau de droite et de gauche, comme un fermier sème ses graines, débarrassant ainsi la cour des derniers vestiges de la présence de Frank Gagliano. Mon père était tellement écœuré qu'il a baissé la tête en fermant les yeux comme pour effacer cette scène de sa mémoire. Mais quand Mama est revenue vers les marches du porche, il l'a foudroyée du regard. Elle a vivement rempli sa main d'eau bénite et l'a jetée au visage de mon père.

II

Ma mère pouvait interdire l'accès de la maison à Frank Gagliano, mais l'association de Frank avec mon père en tant que poseur de briques était un fait d'ordre économique qu'elle devait accepter. C'était l'année où mon père, Gagliano et un troisième poseur de briques nommé Luke travaillaient sur le chantier du nouveau magasin J.C. Penney dans le centre de Boulder.

Moi aussi, je faisais partie de l'équipe de mon père – en qualité de porteur d'eau. Toutes les demi-heures je devais parcourir l'échafaudage avec un seau d'eau fraîche dans laquelle j'avais pressé le jus d'un citron. Les poseurs de briques plongeaient une tasse en fer-blanc dans le seau, se rinçaient la bouche, crachaient vers le sol lointain, puis buvaient.

C'était une tâche formidable et importante pour un gamin, surtout quand le mur a pris forme et que l'échafaudage s'est élevé. Il y avait toujours foule pour me regarder monter d'un pas hésitant sur les barreaux de l'échelle, en tenant mon seau d'une main. Un de mes copains était souvent en bas, et je prenais le risque de lâcher l'échelle pour lui adresser un signe de la main. Mon père me donnait une carte de pointage exactement semblable à celle du hottier ou des poseurs de briques, et je la signais à la fin de chaque journée de travail. Le boulot idéal, exception faite de la présence de Frank Gagliano.

A midi, j'avais le privilège de manger avec les autres ouvriers dans ma propre gamelle; les poseurs de briques, menuisiers et électriciens me traitaient exactement comme un homme. Ils discutaient chasse, pêche et base-ball, et m'écoutaient chaque fois que je faisais un commentaire ou posais une question. Mais régulièrement, quand les ouvriers avaient fini de manger et sortaient leurs paquets de cigarettes, Frank Gagliano orientait la conversation vers ses sujets préférés. Jusque-là silencieux, il lançait alors une question du style : « Vous connaissez l'histoire du cardinal et des trois enfants de chœur? »

Sa voix métallique retenait aussitôt l'attention de ces hommes qui aimaient les anecdotes piquantes. Suivait alors un léger silence, assez long pour que mon père me regarde et m'adresse un hochement de tête, me signifiant ainsi que je devais m'éloigner pour que Frank pût parler librement, sans la présence inhibante d'un jeune garçon innocent.

Mais quand je m'éloignais la tête basse, je me sentais plus humilié qu'innocent, et je détestais Frank Gagliano qui me rabaissait au statut de gamin alors que les autres me traitaient comme un homme.

J'allais alors m'asseoir tout seul sur un tas de sable ou de planches, grinçant des dents et parfaitement d'accord avec ma mère pour considérer les athées comme les êtres les plus abjects et les plus méprisables de la terre. Une explosion de rires jaillissait bientôt du groupe d'hommes quand Frank leur assenait la conclusion de son histoire, et je le méprisais de plus belle en ayant honte d'être si jeune.

D'une façon ou d'une autre, Frank Gagliano me rabattait toujours le caquet. Il y avait par exemple le problème de mon salaire. Mon père me payait trois cents de l'heure, somme rondelette et qui m'emplissait de fierté quand je calculais que cela faisait vingt-quatre cents par jour et un dollar vingt par semaine. Mais un jour j'ai découvert que les poseurs de briques gagnaient deux dollars de l'heure, et je me suis senti brusquement ridicule avec mon salaire dérisoire. Une rectification m'a paru raisonnable, si bien que j'ai gravi l'échelle jusqu'à la partie de l'échafaudage où mon père et Frank Gagliano travaillaient côte à côte.

J'ai dit à mon père que je n'étais pas assez payé. « Je veux une augmentation. »

Penché au-dessus du mur, il a posé trois ou quatre briques sans mot dire. Puis il s'est redressé, a essuyé la sueur qui coulait sur son visage et a repoussé son chapeau.

« Combien crois-tu que tu vaux? »

« Plus de trois cents de l'heure. Zut alors, toi tu gagnes deux cents cents de l'heure! C'est pas juste. »

Il a plongé sa truelle dans le mortier, puis

étalé celui-ci en haut du mur. « Qu'est-ce qui est juste, alors? Combien veux-tu? »

Avant que j'aie pu répondre, Frank a lancé sa truelle dans l'auge à mortier, où elle s'est plantée. « J' peux dire quelque chose? » il a braillé.

« Vas-y », a répondu mon père, surpris.

Frank m'a regardé de travers.

« Écoute, minus. C'est pas mes oignons, mais bon Dieu qui t'achète tes chaussures? »

Stupéfait, je suis resté coi.

« Mon père. »

« Et qui te nourrit, paie la note du médecin, le coiffeur, et met un toit au-dessus de ta tête? »

J'ai dégluti et tendu le menton vers mon père.

« Lui. »

« Alors maintenant tu veux lui faire les poches, lui piquer son fric comme un petit malfrat minable? »

Lui faire les poches? Lui piquer son fric? Moi, un petit malfrat minable? Je ne parvenais pas à imaginer des choses aussi effrayantes. Ma mère avait bien raison à propos des athées : des gens horribles, d'authentiques suppôts de Satan. Les larmes ont piqué mes yeux, j'ai senti une rage impuissante m'envahir.

« Fermez-la! » j'ai crié. « Vous n'êtes rien d'autre qu'un sale athée pourri et infect! »

Il a rugi de rire en abattant sa main sur sa cuisse. Je me suis enfui en courant sur l'échafaudage, le long des barreaux de l'échelle, devant la pile de briques, le tas de sacs de ciment et jusqu'à l'immense sous-sol humide.

Je haïssais Frank Gagliano, tout comme ma mère le haïssait, tout comme mon chien le haïssait. Debout sur un tas de briquetons, j'ai laissé ma haine me dévorer vif pendant que je ramassais des fragments de briques coupants, que je lançais dans le ciment frais du mur. Je voulais que Dieu le foudroie sur-le-champ et le fasse comparaître, tout tremblant, devant le tribunal céleste, et qu'Il pointe sur lui un index courroucé en le condamnant aux profondeurs de l'enfer. J'espérais qu'il y croupirait éternellement, macérant dans un vaste chaudron d'huile bouillante pendant que le diable danserait autour des flammes et balancerait sa queue rouge en tous sens et transpercerait sa victime de son trident.

Alors ma haine s'est éteinte d'elle-même, j'ai eu mal au bras à force de lancer des morceaux de brique, j'ai senti mes doigts à vif. Je me suis assis dans un coin et j'ai croisé les bras. J'avais trouvé. J'étais en grève. Le « petit malfrat minable » n'apporterait plus d'eau aux poseurs de briques. Qu'ils en bavent donc un peu sans moi.

Je suis resté une heure assis là, jusqu'à ce que le carillon du tribunal sonne midi. Par les fenêtres sans vitres, j'ai regardé les poseurs de briques se réunir près de la cabane à outils et ouvrir leurs gamelles.

Puis mon père est apparu, qui me cherchait sur le seuil ensoleillé du bâtiment. Il m'a repéré à l'autre bout du long sous-sol; le bruit de ses pas s'est répercuté dans la grande pièce caverneuse.

Il m'a toisé en me demandant : « Ça va? »

Quand j'ai hoché la tête, il s'est accroupi.

« Fais pas attention à ce que dit Frank. Il parle parfois à tort et à travers. »

« Tu pourrais pas le virer, faire quelque chose? »

« C'est un excellent poseur de briques, l'un des meilleurs. »

« C'est un athée. Il porte malheur. »

« Voilà que tu parles comme ta mère. »

Je l'ai regardé.

« Crois-tu en Dieu, Papa? »

« Ça n'a rien à voir avec ton problème. »

« Tu crois que Dieu aime te voir embaucher quelqu'un qui ne croit pas en Lui? »

« Cesse donc de faire l'andouille », il a répondu en se levant. « Tous les hommes *veulent* croire en Dieu. Tu sais donc pas ça? Quand on ne peut pas, on ne peut pas. Ça ne regarde personne d'autre que soi. »

La voix de Frank Gagliano a tonné.

« T'es là, Nick? »

« Ici », a crié mon père.

Frank nous a rejoints; ses bottes écrasaient les morceaux de ciment et de briques. J'ai posé mon visage contre mes genoux pour ne pas être obligé de le regarder. Ça a embêté mon père.

« Debout », il a dit.

Je me suis levé. Frank m'a tendu la main en souriant.

« Excuse-moi de t'avoir fait de la peine, petit. » Sa main était entre nous comme une écrevisse. « Je suis parfois trop bavard. Et mes mots dépassent ma pensée. »

« Ça va », j'ai dit en lui serrant la main.

Il a encore souri en passant ses doigts dans mes cheveux, puis il s'est tourné vers mon père. « Tu lui as parlé de l'augmentation? »

Papa a souri.

« Je t'accorde une augmentation royale : tu gagneras désormais vingt-cinq cents par jour. »

L'arithmétique était mon point faible, mais vingt-cinq cents par jour, cela paraissait colossal. « Ouah, merci, Papa! » j'ai crié.

« C'est Frank qui a eu cette idée », a dit généreusement Papa.

J'ai regardé Gagliano avec un sourire coupable et reconnaissant. J'avais rudement mal jugé cet homme. Après tout, les athées pouvaient être des gens bien.

« Merci beaucoup, Frank. »

« De rien », il a dit d'un ton bourru. « Ce qui est juste est juste. Comme je disais à ton père : tu transbahutes un sacré seau d'eau. La meilleure que j'aie jamais bue. »

Nous avons ri, puis traversé le sous-sol vers nos gamelles. Les autres avaient déjà commencé de déjeuner. Pendant toute l'heure du repas, Frank est resté silencieux tandis que les hommes parlaient de base-ball et de pêche. Pas une fois il ne s'est lancé dans un de ses sujets préférés : les nonnes, les prêtres, le pape ou les moines scandaleux qui peuplaient son bizarre univers.

Après le déjeuner j'ai utilisé un bout de crayon et une planche de pin vierge pour calculer mon augmentation en dollars et en cents. Plus je calculais, plus le résultat demeurait inchangé : le total de mon augmentation était exactement de un cent par jour. Au lieu de gagner un dollar vingt par semaine, je gagnais maintenant un dollar vingt-cinq. J'avais réclamé une augmentation et, grâce à Frank Gagliano, je l'avais obtenue. Mais mon nouveau salaire était loin d'assurer mon avenir. La vérité m'a sauté aux yeux : Frank Gagliano m'avait roulé. Je me suis senti plus humilié que jamais.

III

Le hottier de mon père était un Noir nommé Farley Vincent (Pat) Blivins. Son nom au complet était imprimé sur les cartes de visite qu'il distribuait à ses employeurs potentiels. En dessous figuraient ces mots : ENTREPRISES MINIÈRES, suivis de son adresse : POSTE CENTRALE, BOULDER, COLORADO. Mais personne ne l'appelait jamais ni Farley, ni Vincent, ni Pat, ni même Blivins. Tout le monde l'appelait Speed.

C'était une sorte de géant lymphatique aux jambes filiformes et à la grâce pesante de boa constrictor, qui avait toujours la pipe à la bouche. En fait, ses longues mâchoires de lévrier serraient une pipe depuis tant d'années que l'embout avait creusé une encoche ronde dans ses dents très blanches sinon sans défaut.

Speed Blivins était un solitaire. Pendant le travail et les pauses, il ne se mêlait pas aux autres ouvriers. Pour gâcher la chaux et préparer le mortier destiné aux poseurs de briques, il arrivait toujours sur le chantier une heure avant les autres. Et puis il possédait une voiture élégante, une Marmon jaune et nerveuse aux sièges de cuir rouge, aux jantes blanches et aux chromes étincelants. Sa Marmon était une merveille éblouissante qui attirait les jeunes comme des mouches. Ils posaient les questions habituelles : combien de chevaux, combien de tours-minute, vitesse maximale, consommation d'essence. Toute la journée, devant le chantier de J.C. Penney, Speed répondait à leurs questions d'une voix douce et ravie; puis, quand les gamins s'en allaient, il sortait un mouchoir pour essuyer leurs marques de doigts sur la carrosserie étincelante de sa voiture.

Mon père et les autres poseurs de briques arrivaient toujours sur le chantier en vêtements de travail, mais pas Speed. Il descendait de sa voiture en costume taillé sur mesures, gants de cuir noir, chemise blanche et cravate, et chaussures impeccablement cirées. Puis il coinçait un porte-documents en cuir sous son bras et rejoignait la cabane du chantier pour se changer et mettre sa salopette.

Vers huit heures il avait monté et descendu une douzaine de fois l'échelle de l'échafaudage, distribuant adroitement ses hottées de mortier et de briques vers les emplacements de travail des maçons. Il était toujours très en avance sur leurs besoins, ce qui lui permettait de s'occuper de ses entreprises minières.

Il ouvrait alors son porte-documents en cuir, en sortait des liasses de certificats d'actions, qu'il étalait sur un bureau improvisé avec une planche à mortier posée sur quatre piles de briques. Speed Blivins était un authentique spéculateur. Il achetait et vendait des actions minières.

« Préparer des hottes rapporte pas un sou », il me disait. « C'est juste une façon de tuer le temps jusqu'au jour où je toucherai le gros lot. »

Tous les jours il me donnait dix cents pour que je coure à la gare lui acheter le *Denver Post* dès l'arrivée du journal par le train de Denver. Speed ouvrait le journal à la page boursière, puis vérifiait les derniers cours de ses diverses actions dont les certificats étaient empilés sous des briquettes afin de les empêcher de s'envoler. C'étaient des actions bon marché, qui valaient entre un et dix cents pièce, et vendues par certificats de cent, cinq cents ou mille.

Je partageais l'excitation de Speed à propos de ses portefeuilles. Au milieu du nuage odorant de Prince Albert qui sortait de sa pipe, il disait : « Shasta Glory commence à bouger, vieux. Deux points de mieux aujourd'hui. Je viens tout juste de gagner onze dollars. »

Les noms de ses actions me coupaient le souffle. Golden Honey (Miel Doré), John's Folly (Folie de John), Colorado Boy, Molly Maguire, Silver Moon (Lune d'Argent), Midas Touch, Lord's Prayer (Prière du Seigneur). Le cours de ses actions montait aussi souvent qu'il descendait, certaines chutaient vertigineusement, d'un demi-cent à un quart de cent pour finir dans l'oubli.

Mais pas Shasta Glory, un titre fantasque et névrotique, jamais calme, toujours en mouvement, en hausse ou en baisse. Shasta Glory m'enthousiasmait tant que j'ouvrais le *Post* à la page financière dès que je l'avais acheté au magasin de journaux de la gare. Si Shasta Glory était en hausse, je sprintais sur trois blocs jusqu'au chantier en brandissant le journal avec excitation dès que je voyais Speed. Si l'action était en baisse, je rentrais lentement et Speed connaissait l'état du marché boursier avant même d'avoir lu la liste des cotations. Il possédait vingt mille actions de Shasta Glory, qu'il avait payées deux cents dollars, son plus gros investissement. Chaque fois que je lisais ce nom – Shasta Glory – je pressentais en tremblant l'étrange pouvoir de cette action. Speed m'avait dit de quoi il retournait, une mine d'or dans le Wyoming, aussi prometteuse qu'un géant prisonnier du sous-sol, qui se débat pour se libérer.

Les autres ouvriers échangeaient des clins d'œil amusés en se moquant des entreprises de Speed. Le Noir se déplaçait péniblement sur l'échafaudage avec une hotte pleine de mortier et il souriait d'un air bon enfant quand les poseurs de briques l'appelaient M. Rockefeller ou lui demandaient des nouvelles du monde de la finance. Si Frank Gagliano était à court de mortier, il criait sur l'échafaudage : « Hé, le capitaliste, quesse tu fais – tu vis de tes rentes? »

Mais mon père traitait toujours Speed avec tout le respect dû à un grand hottier, non seulement parce qu'il lui était loyal depuis dix ans, mais aussi à cause de la désagréable impression que Speed toucherait peut-être un jour le gros lot et plaquerait alors son boulot, auquel cas il serait très difficile de retrouver un aussi bon hottier que lui.

Papa défendait Speed. Frank affirmait que la passion du hottier pour les actions minières relevait tout bonnement de cette passion du jeu commune à tous les Noirs.

« Il ferait mieux de claquer son fric dans un truc qu'il connaît, les dés par exemple. Qu'est-ce qu'un nègre vient foutre à la Bourse? Il est cinglé. » Frank a ouvert sa gamelle et planté ses dents dans un sandwich au salami.

« C'est pas toi qui conduis une Marmon », a répliqué mon père. « Et pendant que tu manges ton sandwich, où crois-tu qu'est Speed? » Il a tourné le menton vers Pearl Street et agité son pouce. « Au café Tuxedo, voilà où il est – il prend une soupe et la spécialité du chef. Alors qui est cinglé, lui ou toi? »

IV

Une matinée étouffante d'août, mon père et moi avons été troublés par un étrange silence en arrivant sur le chantier. Nous sentions une absence; quelque chose manquait. Ses antennes toujours à l'affût de la moindre crise, mon père a repoussé son chapeau sur sa nuque et tendu l'oreille. Ce qui manquait, c'était le put-put-put de la bétonnière, qui contrairement aux autres jours ne palpitait pas dans l'air matinal. Papa est allé jusqu'à la petite machine maculée de mortier et en a fait le tour. Speed Blivins n'était pas là. Pour la première fois depuis dix ans, il était en retard à son travail.

« Il est malade », a dit mon père. « Il est forcément malade. »

Le carillon du tribunal a sonné huit heures; malgré l'absence de Speed, Luke et Frank Gagliano ont rejoint leurs postes de travail sur l'échafaudage. Syndiqués, ils devaient remplir leurs obligations, être prêts à travailler. S'il n'y avait pas de briques à poser ni de mortier pour les poser, ce n'était pas leur problème; ils gagnaient dans tous les cas deux dollars de l'heure.

Avec un grognement résigné, mon père a pris la place de Speed et entrepris de tamiser du sable. Il travaillait furieusement, avec une rage mauvaise. Sur l'échafaudage Frank et Luke le regardaient distraitement en fumant des cigarettes. J'ai ramassé une pelle. Je voulais l'aider.

« Va-t'en », a dit mon père.

Il a ensuite concentré son attention sur la bétonnière, enroulant une corde autour de la poulie du démarreur. Mais le moteur n'a rien voulu savoir. Vingt fois il a enroulé sa corde et lancé le démarreur; vingt fois le moteur a toussé, avant de s'étouffer en lançant une ruade de mule qui ne prenait ses ordres que de Speed. Pendant près d'une demi-heure mon père s'est battu en jurant, décochant des coups de pied à l'engin de malheur et le tripotant jusqu'à ce que ses mains soient couvertes de graisse et que sa colère sature l'air comme une émanation nauséabonde et sulfureuse. Redoutant le pire, je me suis éloigné et caché derrière le tas de briques.

Mais mon père n'était pas en rogne contre Speed, ni contre les poseurs de briques oisifs, ni même contre la bétonnière. C'était le Seigneur Tout-Puissant qu'il accusait, ce Dieu qui aurait pu être tout à côté de lui pour le tourmenter, se moquer de lui, provoquant les blasphèmes gutturaux qui montaient de sa gorge.

Même quand le moteur a enfin démarré – avec une brusque bouffée espiègle de fumée bleue –, le torve sourire de triomphe qui est apparu sur le visage de mon père n'était pas dû à sa victoire sur la machine récalcitrante; non, ce ricanement silencieux s'adressait à l'Ingénieur Suprême qui, une fois encore, n'avait pas réussi à le vaincre.

Pourtant, en cette brûlante matinée d'août, ses épreuves ne faisaient que commencer. Il a mis dans la bétonnière tous les ingrédients nécessaires à la préparation du mortier, puis il a rempli une hotte avec des briques. Hélas, il n'était pas Speed Blivins – géant à la force colossale, aux muscles déliés et aux os robustes. Mon père était petit et trapu, toute sa force se concentrait dans ses bras et ses mains. Terrifié, je l'ai regardé gravir l'échelle en chancelant sous le poids mort de la hotte et de trente briques posées sur son épaule, le visage bleu, les yeux exorbités, les veines de son cou saillant comme des serpents. Il s'est arrêté en tremblant au milieu de l'échelle, et j'ai frissonné avec lui, submergé de pitié, j'ai prié pour lui en me méprisant d'être si jeune et totalement inutile.

Mais tout le monde était inutile, car la détermination de mon père valait la force de dix hommes. Il tenait à le prouver à Luke et à Frank, il était prêt à mourir pour cela. Il a déchargé les briques avant de redescendre pour remplir l'énorme hotte à mortier et de gravir une deuxième fois l'échelle. J'étais sûr qu'il allait mourir. Même Gagliano lui a crié de cesser de faire le crétin et de se la couler douce.

« Arrête, s'il te plaît », il l'a supplié. « Tu vas te blesser! »

Il a grimacé quand la hotte est entrée en

contact avec son épaule meurtrie, puis il a reculé. Me montrant une pile de sacs de ciment vides, il m'a demandé de lui en donner un. Il l'a plié plusieurs fois pour en faire un coussinet, qu'il a posé sur son épaule. Puis il s'est accroupi sous la hotte et s'est redressé.

« Voilà! » il a éructé. « Faites de vot' mieux. Essayez donc de m'arrêter maintenant! »

Il ne s'adressait pas à moi, ni aux poseurs de briques, ni à lui-même. Il s'adressait à Dieu. Il a titubé sur les barreaux de l'échelle, comme le Sauveur écrasé par sa croix. Une petite foule s'était rassemblée sur Pearl Street pour l'observer avec des yeux fascinés; la présence de ces passants éberlués ajoutait seulement à la ténacité de mon père, qui avait même plaisir à prouver stupidement qu'un petit âne valait bien une mule.

Ç'a été une longue, une interminable matinée pour mon père épuisé. Pendant la pause du déjeuner, il s'est endormi contre la cabane à outils, ronflant comme si la nuit était tombée et qu'il dormait dans son lit, un sandwich dans sa main flasque.

A une heure, Frank l'a secoué pour le réveiller.

« Fais pas trop de zèle », il a dit.

« Pourquoi? » a grogné Papa en se levant difficilement.

« Trouve un autre hottier; sinon, tu vas te tuer à la tâche. »

« Speed est mon hottier. Monte sur ce mur et va poser tes briques. »

Frank m'a regardé. « Tu veux que je te dise

quelque chose à propos de ton vieux? Il est dingo. » Luke et lui sont montés sur l'échafaudage.

Aussi discrètement que possible, j'ai dit : « Frank a raison, Papa. Si Dieu avait voulu que tu sois hottier, tu serais costaud comme Speed. »

« Dieu est aussi crétin que les autres », il m'a répondu en se dirigeant vers la bétonnière sur des jambes si raides qu'il boitait. Il s'est arrêté devant la machine comme s'il en avait peur. Puis il a enroulé la corde autour de la poulie du démarreur. Levant les yeux vers le ciel, il a imploré : « S'il vous plaît. Une seule fois! »

Il a tiré sèchement la corde. Le moteur a toussé, pétaradé, émis une série de hoquets avant de se taire définitivement.

Alors que mon père enroulait de nouveau la corde, la Marmon jaune de Speed Blivins s'est garée contre le trottoir. Assis à côté de Speed tiré à quatre épingles, nous avons découvert un nègre puissant en salopette. Ils sont descendus de voiture et ont marché vers mon père. Speed a retiré ses gants.

« T'es en retard », a grogné mon père.

« Je travaille plus pour toi », a répondu Speed. Il s'est tourné vers son ami, encore plus grand et musclé que lui. « Voici Terence Clipp. Il accepte de me remplacer. »

« Boue! » a réclamé Frank Gagliano sur son échafaudage.

« Vas-y », a dit mon père à Terence.

Le géant s'est approché de la bétonnière, a enroulé la corde autour du starter comme un enfant remonte un jouet; il l'a tirée sèchement et le petit moteur a éructé un rugissement affamé : il réclamait sa pitance. Aussitôt Terence a saisi une pelle et enfourné dans sa gueule rotative et vorace ses gourmandises préférées : sable, eau, ciment et chaux. Mon père observait la scène d'un air approbateur.

« Un gars valable », il a dit.

« Un roc », a renchéri Speed. « Il a neuf enfants. Il ne te plaquera jamais, contrairement à moi. »

« Keski s'est passé? »

Speed m'a lancé un clin d'œil. « Demande au gamin. » Brusquement j'ai compris. « Shasta Glory! » j'ai crié.

« C'est ma chérie. »

« Tes actions? » a demandé Papa.

« Hier elle avait baissé de quatre cents », j'ai dit doctement, et mes connaissances ont surpris mon père.

« Il y a une heure, j'ai vendu à quarante-trois », a déclaré Speed en souriant.

« Ouah! » j'ai fait en essayant de multiplier quarante-trois par vingt mille; mais trois heures plus tard seulement, après avoir rempli plusieurs planches de chiffres, j'ai réussi à calculer la fortune de Speed : huit mille six cents dollars.

« J'ai quelque chose pour toi », a dit Speed à Papa.

« Tu me dois rien. »

Speed a ri. « Justement, c'est peut-être pas grand-chose. »

Il est retourné chercher son porte-documents

dans sa voiture. Puis il en a tiré une liasse de papiers pliés, qu'il a tendue à mon père. Stupéfait, Papa en a feuilleté les pages, il les a parcourues, s'intéressant même aux pages blanches de gauche.

« Me demande pas d'acheter des actions », il a dit en la rendant à Speed. « Je suis un homme pauvre. »

« C'est pas des actions », a dit Speed en écartant le document. « C'est le droit de propriété d'une mine. »

« Une mine? »

« Une mine d'or. »

« De l'or! » Mon père a prononcé ce mot comme une formule sacrée, puis il a secoué tristement la tête. « Je suis pas assez riche pour ça. »

« Je te la *donne*! » a dit Speed. « J'ai tout signé. Elle est à toi, sans la moindre obligation de ta part. »

Le doute a éteint le sourire de mon père, car personne ne lui avait jamais donné quoi que ce fût, et surtout pas une mine d'or. Tout ce qu'il possédait, il l'avait gagné à la sueur de son front. Il a adressé un sourire soupçonneux à Speed, puis a poussé le document vers lui. Speed a refusé de le reprendre. Les doutes de mon père m'ont énervé. Je lui aurais flanqué des claques.

« Accepte, Papa! »

« Où est cette mine? » il a demandé.

« A vingt-cinq bornes d'ici, dans Boulder Canyon. » Speed a feuilleté le document jusqu'à la carte, puis il a indiqué à Papa l'emplacement de la mine. Dressé au-dessus de mon père, il a pointé un index rose en bas de la page. « Tu vois, juste là? C'est ton nom. Le nouveau propriétaire. »

« Bon Dieu, mais t'as raison! » s'est écrié mon père. « C'est mon nom! » Maintenant ravi, il a tendu la main à Speed. « Très reconnaissant. » Ils se sont serré la main.

« Je dois faire quoi maintenant? »

« Tu creuses », a dit Speed. « Tu creuses sans arrêt, parce qu'il y a un bon filon dans ce trou, et la seule façon de le trouver, c'est avec une pelle et une pioche. Et puis tu fais autre chose : tu pries. Tu pries et tu creuses, mais tu creuses plus que tu pries; et tu fais confiance à ce bon vieux Ventre Jaune. »

« Ventre Jaune? »

« C'est le nom de la mine. »

Nous nous sommes dit au revoir et Speed est parti. Sur le trottoir, nous avons regardé sa Marmon s'engager dans la Douzième Rue.

« Chic type », a dit mon père.

Il a fouillé dans sa poche, d'où il a sorti une poignée d'allumettes, de clous, de monnaie et de cure-dents. Examinant ce bric-à-brac, il en a tiré une pièce de dix cents, qu'il m'a donnée.

« Achète-toi quelque chose », il a dit.

« Boue! » a braillé Frank Gagliano.

V

Mon père avait deux bonnes raisons pour s'associer avec Frank Gagliano dans l'aventure Ventre Jaune; la première étant le transport, car il ne possédait pas de voiture, tandis que Frank avait une camionnette Reo, un tacot déglingué mais équipé de robustes pneus en caoutchouc et d'une transmission à chaînes, bref un véhicule lent mais sûr, idéal pour les routes de montagne.

Cette association a révolté ma mère.

« Une voiture d'athée! » elle a dit. « Plutôt marcher. »

« Tu penses que sa voiture ne croit pas en Dieu? »

« C'est pas la voiture. C'est l'homme. »

Il nous a expliqué la deuxième raison de son association.

« Frank connaît le travail de la mine. Autrefois il a travaillé à Cripple Creek. »

« Jamais il ne trouvera de l'or », a dit ma mère sur un ton définitif. « Aussi sûr que Dieu a créé le monde, Il ne laissera pas cet homme en trouver. Il pourra bien creuser pendant un million d'années. »

Ça a déprimé mon père. Il a dit : « C'est toujours pareil quand je confie mes soucis à une femme. »

Un midi, sur le chantier, Frank et mon père se sont éloignés des autres ouvriers pour parler tranquillement de leur projet. J'avais le droit d'assister à ces conversations, à condition que je me contente d'écouter sans faire la moindre suggestion. Frank avait étudié les possibilités de fouilles dans le Ventre Jaune, et les considérait comme prometteuses.

« Y a aussi plein d'argent », il a dit. « Faudra ouvrir l'œil et le bon. »

« C'est l'or que nous cherchons », a dit Papa.

« Tu comptes faire le difficile si tu tombes sur un filon d'argent ? »

Mon père a reconnu en souriant qu'il ignorait la différence entre les deux.

« Heureusement que tu m'as choisi comme associé », a dit Frank. « Tout seul, tu ramassais l'or du pauvre, ça tombe sous le sens. »

Mon père a dû reconnaître qu'il ne savait pas davantage ce qu'était l'or du pauvre.

« La pyrite », a expliqué Frank avec un mystérieux sourire. « Y a eu plus d'un cœur brisé qui a confondu la pyrite avec le vrai truc. On apprend petit à petit à les reconnaître. Moi-même, je me suis fait piéger une fois ou deux. »

Ils ont décidé de faire leur premier voyage à la mine le dimanche suivant.

« Je peux venir ? » j'ai demandé.

Quand je n'ai pas obtenu de réponse, j'ai compris qu'il était inutile d'insister.

Frank a bu les dernières gouttes de vin de son thermos.

« Une chose que j'aime pas dans cette mine », il a dit en faisant claquer ses lèvres, « c'est son nom. Ventre Jaune. Ça me plaît pas. »

« Quelle importance? » a demandé Papa en haussant les épaules.

« Un Ventre Jaune est un lâche. Pour une mine d'or, c'est un nom qui porte malchance. »

« Que dirais-tu de Bella Napoli? » a suggéré Papa.

« C'est un nom de restaurant », a dit Frank.

Ils sont restés un moment silencieux à chercher des noms. Alors je me suis rappelé Shasta Glory.

« Que diriez-vous d'un nom avec Shasta dedans? » j'ai proposé. « Shasta Victory, par exemple? »

« C'est un cheval de course », m'a rabroué Frank. « J'ai perdu ma chemise sur ce bourrin. »

Nouveau silence. Ils réfléchissaient en fumant.

« Que dirais-tu de Bella Roma? » a dit Papa.

« Tu es un fanatique de " Bella " », a répondu Frank.

« Okay », a dit Papa. « On va donc garder Ventre Jaune, et l'affaire est réglée. »

Brusquement, Frank s'est levé. « Dans ce cas trouve-toi un autre associé. Je refuse de travailler dans une mine qui porte un nom pareil. »

Papa a été furieux. « Trouve un nom alors! Appelle-la comme tu veux! »

Les yeux de Frank se sont embrumés.

« Nous allons l'appeler Diable Rouge », il a dit. « Vieux Diable Rouge. »

Mon père était très réticent, mais il avait engagé sa parole.

« D'accord », il a dit. « Adopté. Allons-y pour Diable Rouge. »

Frank a ramassé sa gamelle, puis s'est dirigé vers la cabane à outils.

« Mama va pas aimer », j'ai dit.

« Tu te crois obligé de tout dire à ta mère? »

J'ai promis de me taire.

VI

Le dimanche matin, tirés à quatre épingles pour la messe de huit heures, nous étions autour de la table de la cuisine afin de regarder mon père faire ses préparatifs en vue de son expédition à la mine; il entassait des provisions dans une boîte en bois – pain, fromage, tomates, oignons, salami et deux cruches de vin.

Toutes ces provisions ont étonné ma mère.

« Combien de temps resterez-vous là-bas? »

« Je reviens ce soir. Mais n'oubliez pas ce qu'a dit Speed : faut creuser et prier. Je veux que tout le monde prie pour nous porter chance. Je creuserai, vous prierez. Si nous trouvons de l'or, tout changera. Je commencerai par acheter une nouvelle maison. »

« Je pourrai avoir un vélo neuf? » a demandé mon frère Frederick.

« Pas de problème. »

Ses épingles à cheveux coincées entre ses lèvres, ma mère peignait sa longue chevelure. « Je vais prier pour que tu n'aies pas d'ennuis avec ce vaurien de Frank Gagliano. »

« T'occupe pas de Frank. Suffit que tu pries pour qu'on trouve de l'or. »

« Je vais consacrer ma communion », a dit ma sœur Clara.

« Moi aussi », a ajouté Frederick.

« A qui allez-vous la consacrer? » a demandé Papa.

« A Dieu. »

« Inutile », a dit Papa. « Ça porte malheur. »

Ma mère en a eu le souffle coupé. « Dieu – Il porterait malheur? Voilà que tu parles comme Frank Gagliano! »

« J'ai presque cinquante ans, et pour l'instant Dieu n'a jamais fait la moindre chose pour moi. »

« Il nous a tout donné », a répondu Mama. « Notre famille, notre foyer, la nourriture sur notre table, la santé. Que veux-tu de plus? »

« C'est beaucoup. Je pourrais pas en supporter davantage. »

« J'aimerais que tu cesses de critiquer le Seigneur en présence de tes enfants. »

« Je dis simplement qu'Il ne porte pas chance. Pourquoi ne pas essayer quelqu'un d'autre, histoire de changer? Pourquoi pas saint Antoine? Ou San Rocco? Ou San Gennaro? » Il a regardé ses enfants. « Aucun d'entre vous n'a jamais prié San Gennaro? »

« Jamais entendu parler de lui », j'ai dit.

« Le saint patron de Naples, c'est lui. Il m'a rendu plein de services quand j'avais votre âge. » Il a hoché la tête d'un air solennel. « Essayez-le aujourd'hui. Parlez-lui de la mine de votre père. Demandez-lui de nous guider vers l'or. »

« Moi, je prie Santa Clara », a dit Clara. « Elle est rudement gentille. »

« Glisse-lui un mot en notre faveur. Doit bien y avoir quelqu'un là-haut désireux de laisser votre père souffler un peu. »

« Je vais essayer saint Joseph », a dit Frederick. « Je suis sûr qu'il va t'aider, Papa. Il était charpentier. »

« J'aime pas beaucoup les charpentiers », a dit Papa. « Le mieux, c'est de trouver un vieux saint qui a jamais travaillé. Un vieux saint oublié de tout le monde depuis au moins cinq siècles. »

Dans l'allée nous avons entendu le vacarme de la camionnette de Frank, cacophonie si assourdissante qu'elle a presque étouffé le couinement de son klaxon. Par la fenêtre de la cuisine nous avons regardé la camionnette s'arrêter. Mon père a hissé sa boîte en bois sur son épaule, puis il est sorti rapidement par la porte de derrière.

Soudain anxieuse, Mama a couru derrière lui en l'appelant, mais le bruit de la camionnette noyait sa voix. Papa a descendu l'allée, puis chargé la boîte à l'arrière de la camionnette. Quand il s'est retourné, il a vu Mama qui lui adressait de grands signes. Il est remonté vers la maison, l'air ennuyé.

« Que veux-tu ? »

Debout sur le porche, elle a baissé vers lui des yeux énormes et mélancoliques. « La nuit dernière j'ai fait un rêve horrible », elle a dit. « C'était un signe de Dieu. Tu étais tout au fond de la mine et il te lançait des grosses pierres pour t'enterrer vivant. »

Mon père en est resté bouche bée.

« Bon Dieu de bois, de quoi parles-tu ? »

« De lui », elle a dit en levant les yeux vers Frank.

« Frank? Tu es cinglée. »

Il est retourné vers la camionnette.

« Fais attention! » elle a crié. « Il va se passer une chose affreuse. »

Mon père est monté dans la camionnette à côté de Frank en secouant la tête d'un air désespéré. Le véhicule s'est éloigné dans un grincement de boîte de vitesses.

VII

La suggestion de mon père – prier un saint oublié depuis longtemps – m'a fasciné. Une idée merveilleuse, pleine de bon sens. Certes, les saints étaient des êtres généreux, au cœur pur, désireux d'aider les âmes qui souffraient sur terre. Mais, comme mon père l'avait fait remarquer, les plus populaires étaient accablés de milliers de requêtes.

Le secret d'une prière exaucée consistait à l'adresser à quelque antique patriarche tombé en désuétude depuis belle lurette, un vieux bonhomme aimable et compatissant qui attendait vainement au ciel quelqu'un – une âme anonyme comme la mienne – qui lui chanterait les désirs de son cœur. Mieux, je savais exactement où trouver le nom de cette personne si respectable, mais oubliée. A la bibliothèque de l'école, dans *la Vie des Saints.*

Au milieu de la foule réunie sur le parvis de l'église, j'ai quitté ma famille, puis traversé le terrain de jeux vers l'école. A pas de loup, je suis monté au premier étage, jusqu'à la bibliothèque. Aussitôt, dans le premier volume de *la*

Vie des Saints, j'ai trouvé ce que je cherchais.

Il s'appelait saint Stephen, Évêque de Suède. Il était mort en 1075. Sa biographie disait : « On ignore tout de son lieu de naissance, de ses parents, de sa jeunesse; en fait, on sait très peu de choses sur lui. »

En plein dans le mille! Un saint d'une époque révolue, un évêque abandonné, oublié, un prince de Dieu d'une ère si obscure que son lieu de naissance, et jusqu'à son père et sa mère, avaient été effacés de la mémoire collective. Et malgré tout c'était un saint, il vivait au ciel parmi les personnages célèbres de l'Église. Depuis presque neuf siècles il avait quitté cette terre, et néanmoins combien de vivants l'avaient prié? Pas beaucoup. Une infime minorité. Peut-être aucun. J'allais changer tout ça. Pour moi, il deviendrait un trésor. Ce bon vieux saint Stephen, Évêque de Suède, membre émérite de la communauté des saints, perdu au paradis, plongé dans l'attente avec ses cheveux blancs, un Rip Van Winkle aux oreilles pleines de toiles d'araignée tandis qu'il attendait un cri venant de la terre, une supplique, un appel au secours.

Ravi, inspiré, j'ai refermé le livre. Mon esprit avait perçu les harmoniques magiques de l'immortalité. J'étais invincible, à l'abri de la mort, ivre de puissance mystique. Dès les premiers balbutiements de ma prière, mon correspondant céleste chasserait la poussière de sa barbe, un sourire ensoleillé envahirait son vénérable visage, destiné à l'unique être humain qui se rappelait de lui sur terre, un gamin de Boulder, dans le Colorado, U.S.A.

Ensorcelé, je suis sorti en courant, des ailes d'épervier portant mes talons tandis que je descendais l'escalier quatre à quatre avant de contourner l'église jusqu'à son parvis. Je me suis agenouillé dans le fond de la nef et j'ai commencé à prier.

J'ai prié avec flamme, comme un brasier. Les mots crépitaient. Je grésillais. Me consumais. Il me semblait que ma vie en serait bouleversée irrévocablement, que j'allais renaître, devenir un autre. Ç'a été à peine nécessaire de parler à l'Évêque de la mine d'or de mon père. Avant même que mon idée s'organise en mots, j'ai su que Papa avait trouvé un véritable pactole, une montagne de minerai brillant, et nous étions incroyablement riches et puissants, et notre vieille maison de briques se métamorphosait en un château de pierres blanches doté de tours, de drapeaux et d'une nombreuse domesticité – majordomes, servantes, cuisiniers, jardiniers et chauffeurs.

Après la messe, je me suis précipité dehors pour attendre ma mère, j'ai scruté la foule des fidèles à la recherche de son visage en me demandant si les effluves mystiques de saint Stephen l'avaient touchée, elle aussi. Alors je l'ai vue en compagnie de mon frère et de ma sœur. Elle s'est approchée de moi avec une expression tourmentée, elle m'a dévisagé longuement puis m'a demandé : « Tu te sens bien ? »

J'ai répondu que je me sentais bien avant de m'éloigner. La flamme rapetissait vite, la magie s'évaporait. Les gens qui m'entouraient étaient trop réels, trop mortels, femmes obèses appuyées au bras de leur mari, vieilles au faciès de pruneau soutenues par des jambes vacillantes, gamins brailleurs et turbulents, et puis les flaques de boue dues à l'averse de la nuit dernière.

Mais le château, et l'or de mon père – étaient-ils aussi des illusions? J'ai couru vers la maison. J'ai couru dans la Douzième Rue, sauté par-dessus la voie de chemin de fer, traversé le pont comme une flèche. A l'ouest, les rocs rouges des montagnes se dressaient fièrement, cruellement entaillés par les nouvelles routes et les excavations. Rien n'avait changé. Le monde, notre maison, tout était pareil. Épuisé, je me suis assis sur la plus haute marche du porche.

VIII

Le lendemain matin au petit déjeuner, mon père ne se comportait certainement pas comme un homme qui venait de toucher le gros lot. Ses yeux ressemblaient à des grains de raisin écrasés, le vin empâtait son visage, il ne parlait pas beaucoup.

« Tu as ramené de l'or à la maison? » lui a demandé Frederick.

« Non. »

« Nous ne sommes pas riches, maintenant? » a renchéri Clara.

« Non. »

« Tu as peut-être creusé au mauvais endroit », a dit Mama.

« Peut-être. »

« Nous continuons de prier? » a demandé Clara.

« Si possible. »

Le week-end suivant, Frank et Papa sont repartis creuser. Ils nous ont quittés le samedi après-midi avec leur boîte pleine de nourriture, des couvertures et des cruches de vin. Ils sont rentrés dimanche soir tard, la camionnette de

Frank s'est garée contre le trottoir, et Papa a marché d'un pas traînant vers la maison, ses vêtements couverts de boue rougeâtre, si épuisé que Mama a dû le déshabiller et le mettre au lit. Il empestait le vin.

Dès lors, c'est devenu un rituel hebdomadaire. A mesure que l'été s'enfuyait, nous avons oublié les rêves d'or pour nous réinstaller dans notre pauvreté confortable, émaillée de temps à autre par les truites que Papa rapportait des montagnes, ou les champignons, ou encore les fraises des bois.

Un jour, il nous a surpris en nous montrant un sac plein de pierres jaunes brillantes de la taille de balles de base-ball, fragments scintillants de quartz ambré veinés de dépôts cristallins noirs.

Stupéfaits, nous avons pris les cristaux dans nos mains. Ils étaient très lourds. Ils paraissaient très précieux.

« De l'or! » a murmuré Frederick.

« Du fer », a rectifié Papa.

« Ça vaut cher? »

« Rien du tout. »

« Pas même dix cents? »

« Pas même un cent. »

Dans un accès de générosité, nous avons donné tout le sac de pierres à ma petite sœur, qui l'a emporté dans un coin de la cuisine, où elle s'est perdue dans ses rêveries.

Maintenant, ma mère s'inquiétait. Ses prédictions désastreuses concernant la mine se réalisaient. Mon père était fatigué et déprimé; il se mettait en colère pour un rien. Elle reprochait tout à Frank Gagliano, elle considérait la mine comme un trou diabolique percé au flanc de la montagne, où un athée maléfique avait entraîné un bon Chrétien pour l'étourdir avec le vin; et bien qu'elle n'en ait jamais parlé, je savais qu'elle les soupçonnait d'amener des femmes à la mine. Quand elle secouait les couvertures sales ramenées par Papa, elle les reniflait avec dégoût, les tenait à bout de bras comme des charognes de chat en les laissant tomber dans le lave-linge. C'étaient des choses infectes, maculées de vin, humides et répugnantes.

« La semaine prochaine tu montes là-haut avec eux », elle m'a dit.

J'ai refusé.

« J'ai le droit de savoir ce qui se passe là-haut. »

« Deux poseurs de briques qui s'enivrent – voilà ce qui se passe. »

« N'empêche, tu iras. »

« Papa tranchera. »

Mon père a refusé d'en entendre parler.

« Tu dois être folle. Cette mine n'est pas un endroit pour un gamin. C'est dangereux. »

« Qu'y a-t-il de si dangereux? »

« Des serpents à sonnettes, des rochers qui tombent. Il risque de se casser une jambe. Le pays est très sauvage. »

Elle a eu un rire de dérision.

« Dangereux, mon œil! Alors, emmène-moi. »

« C'est pas un endroit pour les femmes ou les gosses. »

« Tu l'emmèneras! »

Papa m'a regardé d'un air suppliant. « Tu veux vraiment monter là-haut pour creuser dans toute cette gadoue, revenir vanné, en ayant mal partout, c'est vraiment ce que tu veux? Tu aimes sentir ton dos douloureux à cause de la pelle et de la pioche, les rochers qui tombent autour de toi, les glissades dans la boue, les ampoules sur tes mains au bout de quatorze ou quinze heures du boulot, et puis revenir à la maison bredouille? C'est vraiment ça que tu veux? »

« Seigneur, non », j'ai dit.

« Il ne veut pas y aller », a dit Papa.

« Il ira, inutile de discuter. »

Cette nouvelle a été loin de ravir Frank Gagliano. Le lendemain, sur le chantier, il m'a pris par le coude, puis entraîné vers le tas de planches. Ses yeux étaient froids et vitreux.

« Tu ferais mieux de tenir ton nez à l'écart des affaires des autres », il m'a dit.

« De quoi parlez-vous? »

« La Mine du Diable Rouge n'est pas un endroit pour un petit morveux de ton espèce. »

« Pourquoi me traitez-vous de petit morveux? »

« Pourquoi ne nous laisses-tu pas tranquilles? Ça te suffit donc pas que ton vieux doive te nourrir et te payer des chaussures? Non, faut que tu bousilles son week-end en l'obligeant à surveiller sa foutue marmaille. »

« Vous n'avez pas le droit de me parler comme ça. Vous n'êtes pas mon père. »

Il a agité la paume de sa main sous mon nez.

« Je le regrette vraiment. »

J'ai failli lui flanquer un coup de pied.

« Simplement à cause de vos paroles, j'irai avec vous dimanche. Je voulais pas, mais maintenant j'y tiens! »

IX

La mine se trouvait à un mile à l'écart de la route de Boulder Canyon, au bout d'une piste à peine assez large pour la camionnette cahotante de Frank. Elle était seulement à quinze miles de la ville, par une route qui grimpait régulièrement tout du long, mais le voyage a pris plus d'une heure, car Frank conduisait sa Reo asthmatique en première uniquement; le radiateur sifflait en laissant échapper un jet de vapeur blanche dans l'air froid des montagnes. J'étais assis en tremblant sur la plate-forme arrière de la camionnette, où je rebondissais avec des tuyaux, du bois de construction, des boîtes de peinture et divers outils. Quand des voitures essayaient de nous doubler, klaxons déchaînés, Frank leur cédait le passage à contrecœur, lançait son bras par la vitre et pointait le médius en l'air en criant : « Va te faire foutre ! »

Le ciel était gris, des paquets de neige souillée s'accrochaient encore aux parois du canyon. Frank et Papa, bien au chaud dans la cabine, se passaient une cruche de vin en fumant des cigares. Plus ils buvaient, plus nous roulions lentement.

A l'embranchement, la piste pleine de nids-de-poule plongeait brusquement. Chaque fois que les pneus arrière en caoutchouc plein tombaient dans un trou, je sautais en l'air avec les tuyaux, le bois de construction et la peinture; et à chaque rebond, les buveurs jetaient un coup d'œil ravi par la lunette arrière en riant. La joie des représailles brillait dans les petits yeux rouges de Frank, car il ne supportait pas ma présence.

Enfin la piste s'est arrêtée près d'un modeste torrent. Frank a coupé le contact et un silence impressionnant a empli la gorge. J'ai sauté à terre; mille fourmis piquaient mes pieds quand ils ont touché le sol. C'était un endroit solitaire, désolé : des taillis et des saules le long du torrent où coassaient les crapauds-buffles, des bosquets brumeux de pins et de sapins qui s'étendaient loin vers les sommets, qui soupiraient, respiraient profondément, comme assoupis.

Les deux hommes ont hissé les boîtes de fournitures sur leurs épaules, puis nous avons gravi un sentier sur une centaine de mètres le long du torrent, jusqu'à une clairière où se dressait un chalet, une cabane au toit et à la porte de tôle ondulée. Celle-ci était ouverte. Il y avait une seule fenêtre à quatre panneaux, dont deux étaient garnis de carton.

Couronnant le tout, une pancarte était fixée au-dessus de la porte. Peinte sur une planche de contre-plaqué, j'ai découvert la silhouette du diable en rouge et noir, dotée de cornes, de sabots et d'une queue serpentine terminée en flèche. Ses yeux étaient obliques, sa bouche se tordait en un sourire malfaisant. En dessous, j'ai lu l'inscription suivante :

SOCIÉTÉ MINIÈRE DU DIABLE ROUGE
VICO STEFFANINI ET FRANK GAGLIANO,
PROPRIÉTAIRES

« Bon sang, mais c'est le diable », j'ai dit.

Frank a levé les yeux vers lui, ravi.

« C'est le vieux Rouge. Mon pote. »

Je le regardais toujours. Ça ne se faisait pas, de montrer le diable. Pas au-dessus de votre porte. C'était effrayant. De la provocation. De la folie.

« Une idée de Frank », a dit mon père d'un air coupable. « Ça veut rien dire. »

Peut-être, mais quand je l'ai encore regardé, j'ai cru contempler le roi de la montagne, un habitant de longue date de cette contrée sauvage. J'ai suivi mon père dans la cabane.

Dès que je suis entré, la puanteur m'a pris à la gorge. Pas simplement une odeur animale, mais l'odeur des humains, de la sueur, de l'urine et des gaz intestinaux, des matelas moisis et du graillon. Mes yeux ont mis du temps à s'habituer à l'obscurité. Le taudis se limitait à une seule pièce. Le sol était dépourvu de planches, seulement de la terre battue. Ça sentait le parmesan rance. Les lits étaient des matelas nus posés sur des planches à même la terre humide. Au centre de la pièce trônait un poêle dont le tuyau rejoignait le toit. Il y avait aussi un vieux divan aux tripes à l'air et deux fauteuils défoncés. La table était encombrée d'un monceau d'assiettes sales.

Je pouvais admettre le désordre, la saleté, car elle était bel et bien là; je savais que les gens sont parfois contraints de vivre dans un lieu comme celui-ci. Mais mon paternel, mon propre père? Il a posé par terre la boîte de provisions, puis s'est agenouillé devant le poêle. Il semblait heureux, un bout de cigare coincé entre les dents; il fredonnait sans s'en rendre compte et disposait du petit bois dans le poêle.

C'était un homme pauvre, pas de doute là-dessus, mais je le connaissais seulement en tant qu'homme pauvre et *respectable*, toujours impeccable, voire élégant dans les rares vêtements qu'il possédait. Il tenait à ce que ses chemises fussent soigneusement repassées, et même le pli de son pantalon de travail kaki devait être parfait. Par-dessus tout, il exigeait de l'ordre à la maison. Il fallait accrocher les manteaux et les chandails, chaque chose devait être à sa place. Et pourtant il était là, à genoux dans toute cette saleté, aussi gai qu'un rat dans un égout.

Frank a allumé une lampe à pétrole; une faible lumière ambrée a dissipé les ténèbres de la cabane quand il a monté la mèche. C'était seulement le milieu de l'après-midi, mais le soleil passait déjà de l'autre côté de la montagne et le crépuscule envahissait la gorge.

Frank a dit : « Bon, tu as voulu venir, petit; alors maintenant tu vas gagner ta croûte. Va chercher du bois dehors. »

J'ai fait quatre aller et retour, empilant le

bois à côté du poêle. Frank et mon père se sont installés sur le sofa déglingué, leurs pieds contre le petit poêle maintenant chauffé au rouge, et ils se sont préparés à un long siège en buvant du vin rouge sombre. Ils se passaient la cruche, le vin gargouillait dans leurs gorges. Bientôt, la chaleur a été étouffante dans la cabane. Au bout d'un moment, mon père s'est tourné vers moi et a paru surpris de me découvrir assis dans un fauteuil en train de m'ennuyer ferme en regardant le vin disparaître dans leur gosier.

« Pourquoi ne vas-tu pas jouer dehors? » il m'a demandé.

« Jouer? Jouer à quoi? »

« Aux cow-boys et aux Indiens », a dit Frank.

« Oh, merde », j'ai fait.

« Allons, allons, pas de gros mots », a dit Papa.

« Où est la mine? » j'ai demandé.

« La mine? » a dit Frank. « Quelle mine? »

Mon père a ri. Frank aussi. Ils transpiraient. Ils ont ri aux éclats jusqu'à ce que des larmes coulent de leurs yeux. Je les regardais sombrement. Leur fou rire a cessé. Papa s'est essuyé les yeux avec ses jointures.

« Tu veux dire, la mine d'or? » il a dit.

Ils ont encore ri, un torrent de rires, ils se roulaient sur le divan, frappaient leurs genoux, hurlaient hystériquement sur l'épaule l'un de l'autre, s'étouffaient, recrachaient du vin. Et puis la crise s'est calmée.

« Fiston », a dit mon père (il ne m'avait jamais appelé ainsi), « tu trouveras la mine un peu en amont du torrent. Suis le sentier, tu ne peux pas la rater. »

Je me suis levé.

« Vous êtes saouls », je leur ai reproché. « Vous êtes saouls tous les deux! »

Ils ont repris leurs hurlements de coyotes, et je suis sorti en courant vers le sentier qui longeait la rive du torrent. Peu après je suis arrivé à la mine.

Des planches branlantes, pourries et vermoulues à cause des termites, masquaient l'entrée de la galerie. Je me suis glissé par une ouverture et j'ai pénétré dans le trou humide. Ce n'était pas vraiment impressionnant pour le fils et héritier du propriétaire de la mine. La galerie avait seulement cinq mètres de profondeur. Des pioches et des pelles rouillées gisaient sur le sol boueux, abandonnées depuis longtemps et pourries au point que le manche d'une pelle s'est émietté comme un champignon sous mon pied quand j'ai marché dessus. De l'eau suintait du plafond et sur les murs de la caverne; provenant d'un lieu sombre et invisible, j'ai entendu le joyeux gargouillis de l'eau courante. Ce n'était pas une mine, seulement un trou dans la montagne, d'où jaillissait une source. Pas étonnant que mon père ait eu la mine pour rien. Pas étonnant que lui et Frank n'aient pas trouvé d'or. Pas étonnant s'ils riaient et buvaient tant et plus. Car ils étaient les victimes de cette mauvaise plaisanterie. Que faire d'autre quand on possédait un filon aussi nul que celui-ci?

X

Je suis retourné vers le chalet. Des nuages de fumée blanche jaillissaient de la cheminée en contrebas, dérivaient à travers les arbres, emplissaient la gorge de l'odeur du pin. Venant de la route, j'ai entendu le bourdonnement d'un moteur. J'ai songé que c'était peut-être Speed dans sa Marmon, et j'ai couru à sa rencontre.

Mais c'était une femme dans une vieille Cadillac noire qui se garait à côté de la camionnette de Frank. Brune, la quarantaine, elle portait sur la tête un fichu rouge noué sous son menton et dont les pointes descendaient sur sa poitrine. Quand elle est sortie de la voiture, j'ai vu qu'elle était grande, dotée de larges hanches et de seins opulents sous une jupe verte et un corsage. Elle a pris son manteau et son sac, puis a claqué la portière et gravi le sentier vers le chalet. Elle a souri quand elle m'a vu.

« T'es sans doute le gamin de Nick », elle a dit.

« C'est mon père. »

Elle a regardé le ciel. « Quelle heure est-il? »

« Quatre heures environ. »

« Du matin ou de l'après-midi? » elle m'a demandé en souriant avec ses grosses lèvres couvertes de rouge. « Bon Dieu, j'ai rudement besoin de boire un verre. »

« Il y en a plein au chalet. »

Elle a grimacé. « Du vin de table italien. Il me flanque la colique. »

Elle est passée devant moi sur le sentier en trottinant sur ses hauts talons. Dès qu'elle a disparu, j'ai examiné sa Cad. Elle était rudement amochée, le cuir des garnitures était usé, voire fendu à certains endroits, les fils électriques pendaient sous le tableau de bord comme un paquet de spaghetti. Le compteur annonçait quatre-vingt-dix-sept mille miles. J'ai remarqué que la voiture était enregistrée au nom de Rhoda Pruitt, à Slocum, une ville minière à l'est de Boulder. C'était le genre de femme que devait apprécier Frank Gagliano.

Elle n'était pas là quand je suis retourné au chalet. Mon père non plus. Assis à la table, Frank buvait du vin en mangeant du pain et du fromage.

« Où est passée la dame? »

« Quelle dame? »

« Rhoda Pruitt. »

« Ah, elle! »

« Où est mon père? »

« Il lui fait visiter l'endroit. Elle envisage de l'acheter. »

« Je savais pas que c'était à vendre. »

« Ça dépend à qui. »

Je me suis dirigé vers la porte.

« Où vas-tu? »
« Je vais les retrouver. »
« Pourquoi? »
« Comme ça. »
« Assieds-toi. Prends un peu de ricotta. »
« J'aime pas cette foutue ricotta. »
« Alors mange du salami. »
« J'ai pas faim. »
« Assieds-toi, morveux. Cesse donc de nous gâcher le plaisir. »
« Quel plaisir? »
« Ton père fait faire à Mme Pruitt une tournée d'inspection. Alors mêle-toi de tes oignons. »
Il avait une façon bien à lui de me faire enrager. J'ai ouvert brusquement la porte et je suis sorti. Si mon père offrait une tournée d'inspection à cette femme, il était forcément à la mine. Je me suis élancé sur le sentier.
Rhoda Pruitt était assise sur un rocher à l'entrée de la mine, ses chaussures posées sur ses cuisses tandis qu'elle massait ses pieds à travers ses bas. Mon père demeurait invisible.
« Salut, toi », a fait Rhoda.
« Salut. Mon père est ici? »
« Ici? Je ne crois pas. »
Je suis allé à l'entrée de la galerie.
« Il n'est pas là-dedans. »
Malgré tout, j'ai regardé à l'intérieur, examiné les environs, puis je me suis retourné vers elle. « De quel côté est-il parti? »
« Tu as cherché dans la cabane? »
« J'en reviens. Frank m'a dit qu'il était avec vous. »

« Il n'est pas ici. »

Elle me parlait sans me regarder et j'ai soudain compris que mon père était tout près de moi. Je devinais presque sa présence derrière un tronc d'arbre, derrière les rochers au-delà de la mine, ou caché parmi les épais fourrés d'épineux.

« Papa! » j'ai crié. « Hé, Papa! Où es-tu? »

L'écho de ma voix s'est répercuté dans la gorge, répétant plusieurs fois mon appel. Puis le silence.

« Tu vois? » a dit Rhoda en remettant ses chaussures.

Son visage s'est plissé de douleur quand elle s'est levée.

« N'attrape jamais des cors au pied », elle a ajouté. Puis une mystérieuse douleur fulgurante l'a figée sur place et elle a porté la main à ses fesses. « Ni des hémorroïdes. »

Je voulais plonger dans les broussailles pour en tirer mon père, mais Rhoda semblait si lasse et désespérée, comme sa vieille Cadillac, que je n'ai pas supporté sa présence : j'ai fait volte-face et suis reparti vers le chalet.

Frank était assis sur le seuil.

« Hé, que se passe-t-il donc ici? » j'ai dit.

« Tu ne l'as pas trouvé? »

« Il m'évite. Je *sais* qu'il m'évite. »

« T'es cinglé. Il était ici y a une minute. »

« Ici. Depuis quand? »

« Il vient de partir. »

« Je ne vous crois pas. »

« Comme tu voudras. »

« Où est-il allé? »

« Pêcher. »

« Pêcher! Pourquoi donc? »

« Pour attraper des poissons, crétin. »

« Oh, merde! Ça recommence. Encore des mensonges d'athée. »

Il a haussé les épaules et tué un moustique sur son bras.

« C'est quoi, les hémorroïdes? » je lui ai demandé.

Il a refusé de me le dire. « J'ai pas à te l'expliquer. Tu dirais que c'est encore des mensonges d'athée. »

« Okay. Excusez-moi. Dites-moi seulement où il est parti. »

« Vers l'aval. »

C'était aussi un mensonge, forcément, mais je ne pouvais pas m'arrêter, car je savais qu'ils se moquaient de moi, je devais continuer à jouer la mouche du coche, inutile de rester planté comme un piquet à réfléchir, j'ai donc suivi la berge du torrent vers l'aval en sachant ma quête vouée à l'échec, m'y engageant malgré tout. Les bancs de vairons s'enfuyaient à mon approche, les crapauds-buffles plongeaient pour se mettre à l'abri. Déjà le soleil était sur le versant ouest de la gorge et l'obscurité gagnait.

Je me suis soudain arrêté en entendant quelque chose. Un moteur démarrait, la Cadillac de Rhoda. A travers les broussailles, j'ai vu la Cadillac reculer. Quand je suis arrivé dans la clairière, elle roulait dans un nuage de poussière. Rhoda conduisait, et j'étais certain que l'homme assis à côté d'elle était mon père. Ils ont bondi en avant sur l'étroite piste, cahotant dans les ornières et les nids-de-poule, en direction de la grand-route.

Vexé et dégoûté, je me suis laissé tomber sur le sol. C'était une conspiration. Pendant tout l'après-midi ils s'étaient joués de moi en m'envoyant de-ci, de-là. Pourquoi? Que se passait-il? Pourquoi cette femme était-elle ici? Je lui en voulais, ainsi qu'à Gagliano. Ils mijotaient quelque chose contre mon père, ils ne voulaient pas que je m'en mêle. Peut-être avaient-ils décidé de se débarrasser de lui? Peut-être avaient-ils trouvé un nouveau filon d'or, et ils craignaient que je m'en aperçoive.

Eh bien, ils n'allaient pas s'en tirer aussi facilement. J'allais organiser une confrontation. Je me suis relevé, puis dirigé vers le chalet. Le moment était venu d'abattre son jeu. Cartes sur table, Gagliano! A quoi joues-tu, athée? Crache le morceau, avoue la vérité!

D'un coup de pied j'ai ouvert la porte du chalet et eu la surprise de ma vie.

Assis à la table, mon père buvait du vin.

« T'as été élevé dans une porcherie? »

J'ai fermé doucement la porte.

« Où étais-tu? »

« Je te cherchais », j'ai répondu. « Où étais-tu, *toi*? »

« Je suis resté ici. »

« Tout le temps? »

« Tout le temps. »

« Tu ne m'as pas entendu appeler? »

« Quand? »

Inutile de poser d'autres questions. Je me suis assis et il m'a servi un peu de vin. « Mange quelque chose », il a dit en poussant vers moi le pain et le fromage.

« C'est quoi, les hémorroïdes? »

Quand il me l'a expliqué, ça m'a coupé l'appétit.

« Tu es trop jeune pour avoir des hémorroïdes. »

« C'est pas moi. C'est cette femme. »

« Bah, elle a ses petits problèmes. »

Il a fait passer sa gorgée de vin d'une joue à l'autre en regardant dans le vague. Ses yeux semblaient injectés de sang.

« Ta mère est une femme merveilleuse », il a dit.

Je me suis contenté de le regarder.

« La meilleure femme du monde. »

Il s'est levé avec difficulté, puis a tangué vers la porte avant de sortir. Je l'ai suivi jusqu'au seuil du chalet. Papa était assis sur une bûche à un ou deux mètres, il parlait tout seul.

« Un ange », il disait.

Il avait beau faire encore chaud au crépuscule, j'ai placé quelques bûches dans le poêle et me suis étendu sur le divan. Appuyé sur un coude, je regardais mon père par la porte ouverte. Le menton coincé dans les mains, il ressemblait à une statue. Tout était calme, mais au-delà du silence on entendait un vacarme de tous les diables, les coassements des crapauds-buffles, les chants des oiseaux et des criquets, le bourdonnement des insectes et le soupir des arbres dans le vent. Le feu qui sifflait et grésillait projetait des ombres démentes au plafond et emplissait la cabane de chaleur.

XI

Il devait être minuit quand je me suis réveillé. Quelqu'un m'avait débarrassé de mes chaussures et de mon jean avant d'étendre une couverture sur moi. Des rayons de lune pénétraient par la fenêtre. Du feu, il restait seulement un tas de cendres dans le poêle. Les deux autres lits étaient vides. J'étais seul.

J'ai mis mon jean et mes chaussures, puis je suis sorti. La lune était gigantesque. Dans la direction de la mine, j'ai entendu le rire gras et aviné de Frank Gagliano, puis la voix de Rhoda Pruitt, puis un rugissement de mon père. Je me suis dit de ne pas monter là-haut, de rester au chalet, de les laisser tranquilles, mais je n'ai pas réussi à me convaincre, et la présence du mal que je devinais près de la mine m'a entraîné sur le sentier, courant vivement à pas de loup, ensorcelé par la prémonition du mal.

Ils ne m'ont pas entendu, et pas davantage le tonnerre de mon cœur; ils ne m'ont même pas vu, absorbés dans la frénésie de leurs enlacements, grognant, suçant et se tordant parmi de lourds frottements nus de bras et de jambes, imbriqués comme une boule de serpents blancs frétillants, blêmes sous la lune, imbriqués sur une couverture dont les pans se mêlaient à leur chair, étreignant, ahanant, gémissant. Alors j'ai vu le visage de mon père. C'était le visage du diable au-dessus de la porte. Je me suis retourné et j'ai couru.

J'ai couru jusqu'au chalet. Je tremblais de froid. J'ai jeté du bois dans le feu. Enveloppé dans une couverture près du poêle, je frissonnais et claquais des dents. Alors j'ai eu soif, je voulais boire n'importe quoi – le vin! J'en ai bu des verres et des verres. Secoué de frissons, affamé, mourant de faim. Mais pas *leur* fromage, leur fromage hémorroïde, *leur* pain.

J'ai trouvé la boîte qui contenait les sandwiches préparés pour moi par ma mère, et j'ai mangé, et ils avaient bon goût, ils étaient savoureux, mais je continuais de trembler, la couverture serrée autour de mes épaules, leur feu brûlant contre mon visage. Alors j'ai découvert la bouteille que ma mère avait placée dans la boîte, enveloppée dans un tissu, une pinte d'eau bénite. Elle avait écrit ces mots sur l'étiquette : « Eau bénite. A utiliser en cas de besoin. »

Maintenant je le savais, maintenant j'allais le faire. Je suis remonté là-haut en courant, avec la bouteille d'eau bénite, un idiot muni d'eau bénite, je le savais, je savais que j'étais idiot, mais je m'en moquais.

Je devais les avertir de mon arrivée. Je devais au moins les prévenir, ils avaient droit à ça.

J'ai gueulé : « Eau bénite! »

Je courais en braillant : « Eau bénite! »

« L'eau bénite arrive! »

« Voilà l'eau bénite! »

Quand je me suis rué dans l'entrée de la mine, ils étaient tous immobiles sur le sol, blancs et nus et paralysés, figés comme de blêmes cadavres.

« Attention à l'eau bénite! Voici l'homme qui détient l'eau bénite! Un truc super-puissant! »

J'en ai éclaboussé un peu partout, elle glougloutait hors de la bouteille en giclant sur leurs cadavres blancs. « C'est l'eau bénite, les amis! Un truc super-puissant! » Sur leurs visages, leurs poitrines, leurs parties poilues, jeter l'eau bénite, chasser le diable, tuer le diable, sauver mon père, libérer mon père!

Cours maintenant, cours, et j'ai descendu le sentier en courant, traversé la ligne d'arbres le long du torrent. J'ai réveillé les oiseaux endormis qui s'envolaient. J'ai réduit les criquets au silence. J'ai tout réduit au silence sur mon passage jusqu'au moment où, incapable de courir, je me suis jeté à terre à côté d'un arbre en cachant mon visage, fou de honte.

Il m'a trouvé, mon père. Il m'a relevé, regardé droit dans les yeux et dit : « Ça va? » Il a saisi ma main et nous sommes retournés en silence vers le chalet. Vaguement, faiblement, j'ai entendu une voiture démarrer puis s'éloigner. Mon père a dit une seule chose.

« Tout ira bien », il a dit.

Je serrais son épaisse main calleuse, et elle ressemblait au sabot d'un animal. Mais c'était mon père et il ne pouvait pas avoir fait ça, car il était mon père et certaines choses étaient impossibles.

Frank l'avait fait, Frank Gagliano, assis sur le lit, en train de boutonner sa chemise. Je me suis approché de lui, et quand je l'ai frappé au visage avec mon poing, il m'a simplement regardé. Je me suis mis à pleurer et je l'ai encore frappé. Je suis allé vers le poêle en pleurant et j'ai fouillé comme un chien dans la pile de bois et j'ai trouvé un bâton avec lequel j'ai frappé Frank. J'ai vu le sang couler de son nez et j'ai continué de frapper. J'ai frappé ses yeux, ses joues, ses oreilles, les couvrant de petites entailles, mais il restait là sans bouger, et enfin il a dit : « Ça suffit », et il m'a pris le bâton et il l'a brisé et il l'a lancé dans le poêle et il a essuyé le sang avec sa chemise.

L'aube pointait quand nous sommes rentrés à la maison.

1933 FUT
UNE MAUVAISE ANNÉE

I

Dur hiver que celui de 1933. Ce soir-là, je rentrais péniblement à la maison parmi les flammes enneigées, doigts de pied en feu et oreilles brûlantes; tandis que la neige tourbillonnait autour de moi comme une bande de nonnes en furie, je me suis soudain arrêté net. Le moment était venu de faire le point. Qu'il neige, qu'il vente ou que le soleil brille, certaines forces mystérieuses s'acharnaient contre moi pour essayer de me détruire.

Dominic Molise, j'ai dit, envisage la situation avec lucidité. Tout se passe-t-il comme prévu? Réfléchis soigneusement à ton évolution, jette un regard impartial sur ta vie. Où en es-tu, Dom?

J'habitais donc Roper, dans le Colorado, où je vieillissais à chaque seconde. Dans six mois j'aurai dix-huit ans et quitterai le lycée. Je mesurais un mètre soixante et un, mais n'avais pas grandi d'un centimètre depuis trois ans. J'avais les jambes arquées, je marchais les pieds en dedans et mes oreilles étaient décollées comme celles de Pinocchio. Mes dents étaient de travers; mon visage couvert de taches de rousseur évoquait un œuf d'oiseau.

J'étais le fils d'un poseur de briques qui n'avait pas travaillé depuis cinq mois. Parce que je ne possédais pas de manteau, je portais trois chandails, et ma mère avait déjà entamé une série de neuvaines à cause du costume neuf dont j'aurais besoin pour la remise des diplômes en juin.

Seigneur, j'ai dit, car à cette époque j'étais un croyant qui s'adressait franchement à son Dieu : Seigneur, pourquoi tout cela? Est-ce vraiment ce que vous désirez? Est-ce pour cela que vous m'avez mis au monde? Mais je n'ai jamais demandé à naître. Je n'y suis strictement pour rien, sauf que je suis là à vous poser des questions simples, vous demander la raison de tout ceci, alors répondez-moi, accordez-moi un signe : récompensez-vous ainsi mes efforts pour être un bon Chrétien, douze ans de catéchisme et quatre ans de latin? Ai-je jamais douté de la Transsubstantiation, de la Sainte Trinité ou de la Résurrection? Combien de messes ai-je manquées le dimanche ou les jours de fêtes religieuses? Seigneur, vous pouvez les compter sur vos doigts.

Jouez-vous au chat et à la souris avec moi? Vous êtes-vous fait virer du poste de commande? Avez-vous perdu le contrôle de la situation? Lucifer a-t-il repris le pouvoir? Soyez honnête avec moi, car je me pose sans arrêt des questions. Donnez-moi un indice. La vie vaut-elle le coup? Tout finira-t-il bien?

Nous habitions Arapahoe Street, au pied des

premières collines qui rejoignaient le versant est des montagnes Rocheuses. Elles se dressaient comme des gratte-ciel déchiquetés, elles toisaient notre ville, brume bleue et verte en été, énorme amas de sucre blanc en hiver, avec des clochetons pointus qui se fondaient dans les nuages. Chaque hiver, quelqu'un se perdait là-haut, bloqué dans un canyon ou emporté par une avalanche. Au printemps la fonte des neiges métamorphosait Roper Creek en un fleuve tumultueux qui détruisait ponts et clôtures, inondait les rues, charriait sa boue dans Pearl Street et noyait les caves. Un pays froid, un pays mauvais, la surface de la terre gelée jusqu'en avril, de la neige le dimanche de Pâques, parfois une brusque tempête de neige en mai : un sale coin pour un joueur de baseball, surtout pour un lanceur qui n'avait pas touché une balle depuis octobre.

Mais Le Bras me permettait d'aller de l'avant, ce cher bras gauche, le plus proche de mon cœur. La neige ne pouvait le blesser ni le vent l'entamer, car je l'enduisais perpétuellement avec l'Onguent de Sloan; j'en avais toujours un petit flacon dans la poche, je puais l'Onguent de Sloan, me faisais parfois virer de classe pour me débarrasser de sa forte senteur de pin, mais je sortais fièrement, sans la moindre honte, conscient de mon destin, indifférent aux ricanements des garçons et aux narines dédaigneuses des filles.

J'avais fière allure à l'époque, la souple démarche d'un tueur à gages, la décontraction typique du gaucher, l'épaule gauche légèrement tombante. Le Bras qui pendait comme un serpent – mon bras, ce membre saint et béni dont Dieu m'avait fait cadeau; et si le Seigneur m'avait créé à partir d'un pauvre poseur de briques, il m'avait offert un véritable trésor en accrochant cette pure merveille à ma clavicule.

Qu'il neige donc! Que les hivers soient longs et glacés, car le printemps est un rêve, et tout compte fait ce n'était pas encore la fin de Dominic Molise, seulement son début, et quand brillerait le chaud soleil de l'été, il accomplirait l'œuvre de Dieu grâce à son époustouflant bras gauche. Cette Arapahoe Street balayée par la neige était un lieu privilégié, un repère à marquer d'une pierre blanche, son lieu de naissance, la rue où il avait marché les soirs de désespoir, une rue à inscrire dans les Annales de la Gloire. Une plaque, s'il vous plaît, une plaque de bronze à fixer dans le ciment sur un monument au croisement de la Neuvième Rue et d'Arapahoe : Ici Passa Son Enfance Et Son Adolescence Dominic Molise, Le Plus Grand Lanceur Gaucher De Tous Les Temps.

Dieu avait répondu à mes questions, dissipé mes doutes, restauré ma foi; le monde était de nouveau acceptable. Le vent était tombé, les flocons descendaient doucement comme de silencieux confettis. Grand-maman Bettina prétendait que les flocons de neige étaient les âmes du ciel qui revenaient sur terre pour une brève visite. Je savais que ce n'était pas vrai mais que c'était possible; j'y croyais parfois quand l'envie m'en prenait.

J'ai tendu la main devant moi, de nombreux flocons sont tombés dessus, étoiles qui vivaient quelques secondes, et après tout pourquoi pas? Peut-être l'âme de Grand-papa Giovanni, mort il y avait maintenant sept ans, ou celle de Joe Hardt, notre camarade de la troisième base, tué l'été dernier sur sa moto, et toute la famille de mon père dans les lointaines montagnes des Abruzzes, grands-tantes et grands-oncles que je n'avais jamais connus et qui avaient quitté ce monde. Et toutes les autres, ces milliards d'âmes mortes, les pauvres soldats tués au combat, les marins perdus en mer, les victimes de la peste et des tremblements de terre, les riches et les pauvres, tous ces êtres morts depuis le commencement des temps, tous condamnés sauf Jésus-Christ, le seul dans toute l'histoire de l'humanité qui soit jamais revenu, le seul et unique, mais y croyais-je vraiment?

Je devais y croire. D'où venait donc ma luge, et mon gant de base-ball, et où puisais-je toute ma technique? Si je cessais de croire, je risquais la déconfiture globale, la perte de mon tonus, le fiasco sur le terrain. Bon Dieu, oui, j'avais des doutes, mais je les repoussais. La vie d'un lanceur était déjà assez dure pour qu'en plus il ne perde pas sa foi en Dieu. Une seule seconde de doute pouvait froisser un muscle du Bras, alors à quoi bon réveiller ces questions gênantes? Laissons-les de côté. Le Bras vient du ciel. Crois à ça. Ne t'occupe pas de la prédestination, et si Dieu est bonté, pourquoi y a-t-il tant de mal, et s'il sait tout, pourquoi a-t-il créé les hommes et en envoie-t-il certains en enfer? Tu auras tout le temps de réfléchir à ça plus tard. Entre en deuxième division, monte en première, lance dans les World Series, inscris ton nom dans les Annales de la Gloire. Ensuite tu pourras te reposer et t'interroger, te demander à quoi ressemble Dieu, pourquoi certains bébés naissent infirmes, qui est responsable de la faim et de la mort.

A travers la neige murmurante j'apercevais vaguement les petites maisons d'Arapahoe. Je connaissais tous les gens qui vivaient là, tous les chats et les chiens du quartier. En fait je connaissais presque chacun des dix mille habitants de Roper, qui un jour seraient tous morts. C'était aussi le destin de tous ceux qui vivaient dans la maison au bout de la rue, la maison en bois au porche affaissé, à la peinture écaillée, au toit pointu et pentu, le foyer du poseur de briques Peter Molise, où les seules briques étaient celles de la cheminée, et même celles-là s'effritaient.

Mais quand sonnait l'heure de la mort, l'état de votre maison importait peu, et un jour ou l'autre nous allions tous mourir – Grand-maman Bettina la première, puis Papa, puis Mama, puis moi car j'étais l'aîné, puis mon frère August, de deux ans mon cadet, puis ma sœur Clara, et enfin mon petit frère Frederick. Quelque part dans cette série de décès notre chien Rex quitterait la scène et mourrait à son heure.

Pourquoi pensais-je à la mort? Pourquoi transformais-je le monde en cimetière? Perdais-je ma foi? Parce que j'étais pauvre? Impossible.

Tous les grands joueurs de base-ball sortaient de milieux pauvres. Personne n'avait jamais entendu parler d'un gosse de riche qui serait devenu un Ty Cobb ou un Babe Ruth! Était-ce à cause d'une fille? Il n'y avait pas de fille dans ma vie, sauf Dorothy Parrish, pour qui j'avais autant d'importance qu'un moucheron.

O, Seigneur, aidez-moi! J'ai marché plus vite car mes pensées me harcelaient, je me suis mis à courir, mes chaussures gelées couinaient comme des souris, mais courir ne m'a servi à rien, car mes pensées m'assaillaient de toutes parts. Alors que je courais, Le Bras, ce cher vieux bras gauche, a pris la situation en main et trouvé des paroles apaisantes : doucement, Gamin, c'est la solitude, tu es seul au monde; ton père, ta mère, ta foi ne peuvent t'aider, personne n'aide personne, à chacun de se débrouiller, et voilà pourquoi je suis là, parce que nous sommes inséparables et que nous allons régler tout ça.

Oh, Bras! Fort et fidèle Bras, parle-moi gentiment. Parle-moi de mon avenir, des spectateurs en délire, du gant qui frôle les genoux, des batteurs qui arpentent le terrain, gloire, fortune et victoire, nous aurons tout cela. Et puis un jour nous mourrons et reposerons côte à côte dans une tombe, Dom Molise et son merveilleux bras, le monde du sport en deuil, en état de choc, le télégramme du Président des États-Unis envoyé à ma famille, les drapeaux en berne dans tous les stades de base-ball de la nation, les fans pleurant sans honte, la biographie en quatre parties par Damon Runyon dans le *Saturday*

Evening Post : Triomphe sur l'Adversité, la vie de Dominic Molise.

Sous l'orme, je me suis arrêté pour pleurer, car je ne pouvais plus supporter l'amertume de ma mort imminente; si jeune, si talentueux, fauché dans la fleur de l'âge. O Dieu, ayez pitié : ne me prenez pas trop vite! Donnez-moi encore quelques années, laissez-vous attendrir par ma jeunesse. Quand j'aurai dix-neuf ans, je serai prêt pour la grande épreuve. Accordez-moi ces années, et dix de plus, douze en tout, ni plus ni moins, je me moque si c'est aux Phillies ou aux Cubs, donnez-moi seulement ces années, et vous pourrez me frapper à vingt-neuf ans, ce qui me laisse un sacré bout de temps devant moi, mon doux Seigneur, à raison de trente matches par an, ça fait trois cent soixante matches, de formidables moments de base-ball, et tant de lancers pour inscrire le nom de Dom Molise au firmament des immortels.

***

La maison était plongée dans l'obscurité, les fenêtres de devant semblaient aveugles. La neige encore vierge dans l'allée signifiait que Papa était toujours à l'*Onyx*, la salle de billard.

J'ai tapé mes chaussures l'une contre l'autre pour en faire tomber la neige, puis je suis entré dans la pièce de devant où Clara dormait sur le sofa, et Frederick sur un lit de camp de l'armée. Beaucoup de gens habitaient cette maison. Seule Grand-maman Bettina avait une chambre à elle, mais c'était à peine une chambre, en fait une minuscule soupente qui jouxtait la cuisine et où son lit occupait tout l'espace, ne laissant même pas de place pour une chaise.

J'ai allumé dans la cuisine, glissé une allumette dans le four de la cuisinière et sorti mes devoirs – de l'histoire, un paragraphe de Virgile à traduire et la rédaction d'un bref essai sur le corps mystique du Christ. C'était un de ces soirs relativement fastes, où Sœur Mary Delphine, lasse de nous accabler de travail, nous laissait un peu souffler.

Malgré tout j'ai mis une heure pour traduire six vers de latin, et à minuit j'ai entamé mon essai sur le corps mystique du Christ.

« Qu'est-ce que le corps mystique du Christ? » j'ai écrit. « Bonne question, question cruciale, et si importante que, même si nous ne savons rien d'autre, elle suffit à nous conduire jusqu'aux portes du Ciel. Compte tenu de son importance, nous devons lui accorder toute notre attention. Car les dogmes essentiels méritent notre attention la plus soutenue. Trop souvent nous l'oublions, et maint pécheur à sa dernière heure et à celle du Jugement dernier arrive plein de regret devant le Seigneur tout-puissant, tremblant de peur et de honte, car il sait qu'il a négligé les vérités de sa foi. Si seulement nous consacrions, afin de considérer le corps mystique du Christ, autant de temps à l'étude des dogmes de notre Eglise bien-aimée qu'à lire des livres orduriers et à voir des films obscènes, alors notre salut serait assuré. La vie est courte et notre heure vient bien assez tôt.

Notre Seigneur demande fort peu à ses créatures. Il nous a donné des maîtres pleins d'altruisme, les sœurs bénies de l'Ordre de Sainte Catherine, et trop souvent nous oublions quelle chance est la nôtre de pouvoir bénéficier de leur sagesse et de leurs conseils. Suivons donc à la lettre les avis sacrés de nos sœurs bien-aimées et réfléchissons soigneusement à la signification du corps mystique du Christ. Nombreux sont les péchés du monde, hélas, mais aucun pécheur n'est plus scandaleux que celui qui néglige l'étude de notre sainte foi, et le jour où nous devrons comparaître pour rendre compte des péchés de cette vie, espérons qu'on ne nous accusera pas de nous être détournés des vérités sacrées de la sainte Église de Dieu. »

En plein dans le mille.

Mon essai aurait sûrement un A plus. Peu importe que je n'explique pas le corps mystique du Christ, peu importe que j'accumule les absurdités, toutes les expressions ensorcelantes étaient là, celles que Sœur Mary Delphine trouvait irrésistibles : « plein de regret devant le Seigneur tout-puissant – tremblant de peur – livres orduriers – films obscènes – les sœurs bénies de l'Ordre de Sainte Catherine – les vérités sacrées de la sainte Église de Dieu. » Delphine allait en mouiller sa petite culotte.

Je travaillais mon histoire quand un grincement de ressorts a filtré par la porte de la chambre de Bettina. Grand-maman Bettina, ennemie mortelle de la compagnie d'électricité, est entrée dans la cuisine, vêtue de sa chemise de nuit en flanelle. C'était une vieille dame irascible et ratatinée, dotée de mains si décharnées qu'on aurait dit des serres croisées sur la légère excroissance de son ventre. Ses cheveux étaient blancs comme du lin, la peau de ses tempes si pâle et transparente qu'on voyait presque l'intérieur de son crâne. Elle parlait seulement en italien et feignait de ne pas comprendre l'anglais chaque fois que le sujet de la conversation lui déplaisait.

Elle est restée sur le seuil de la cuisine pendant dix secondes en hochant la tête vers moi avec un sourire découragé.

« Le voilà donc attablé », elle a dit sans cesser d'opiner du chef. « Le brillant jeune Américain, produit de la matrice américaine, fierté de sa mère bornée, espoir de la génération montante, le voilà donc attablé pour consommer de l'électricité. »

« Grand-maman, j'essaie de travailler. »

« Et qu'étudies-tu, ô sage et intelligent petit-fils? Est-ce un livre sur la faim et les hommes qui marchent dans les rues en cherchant du travail? Est-ce un livre sur ton père qui est sans emploi depuis sept mois, ou sur les promesses mirobolantes de l'Amérique dorée, terre de l'égalité et de la fraternité, cette si belle Amérique qui pue comme une charogne? »

« Nous traversons une dépression », je lui ai dit. « Et puis, c'est l'hiver. Papa ne peut pas poser de briques par ce froid. »

Elle a serré ses mains devant elle.

« Comme ces jeunes Américains sont intelligents! » elle a soupiré en faisant monter et descendre ses mains. « Cette génération possède toutes les réponses! »

J'ai maugréé.

Elle a reniflé l'air, l'Onguent de Sloan.

« Comme d'habitude, tu empestes. »

« C'est une bonne odeur. »

« L'odeur d'un pays malade. Écoute-moi bien : un jour, cette puanteur couvrira le pays tout entier. »

Elle était lancée.

« Qui crois-tu tromper avec ces livres ineptes? » a-t-elle demandé, tel un avocat plaidant au tribunal. « Tu ferais mieux de tomber à genoux et de prier pour ton pardon! » Sa bouche s'est approchée de mon oreille, son nez s'est glissé dans mes cheveux quand elle a sifflé à voix basse : « Tu t'es confessé dernièrement? N'importe quel garçon de dix-sept ans devrait se confesser au moins deux fois par jour. »

Ç'a été trop pour moi.

« Va-t'en, vieille femme! »

« Ha! » elle a aboyé. « Voilà bien la jeune Amérique et son respect des personnes âgées! Enfin je suis récompensée d'avoir mis ton père au monde! Pour cela, j'ai parcouru cinq mille miles en troisième classe jusqu'à ce pays barbare! » Puis une pluie d'insultes s'est abattue sur moi : j'étais un chacal, un rat, un serpent, un monstre issu du ventre de ma mère. J'étais une aberration, un coude poussait à l'arrière de mon crâne, mon nez était à hauteur de mon nombril, mes yeux étaient sur mon cul. Ma mère était une ânesse, une vache, une truie, une poule, une chèvre. Ses parents étaient des pleutres, des voleurs, des putains et des maquereaux qui finiraient leurs jours dans un asile de fous. Quant à moi, tôt ou tard, je me retrouverais avec la corde au cou pour une pendaison publique, en compagnie de mes deux frères. L'Amérique s'abattrait en flammes, incendiée par l'explosion de toutes les compagnies d'électricité.

Agile comme une vieille chatte, elle a traversé la cuisine jusqu'à l'ampoule nue au-dessus de la table et l'a éteinte, puis elle a filé dans sa chambre, dont elle a claqué la porte. J'ai rallumé, et je l'ai entendue qui suppliait Dieu dans son cagibi.

« Libérez-moi de cet esclavage. Mettez-moi dans une boîte, ramenez-moi à Torricella Peligna! »

Je savais sa blessure secrète, et je plaignais Grand-maman Bettina. Elle se sentait seule, incapable de reprendre racine dans une terre étrangère. Elle n'avait pas voulu venir en Amérique, mais mon grand-père ne lui avait pas laissé le choix. La pauvreté existait aussi dans les Abruzzes, mais c'était une pauvreté plus douce, un mal que tout le monde partageait, comme une miche de pain passée alentour. On partageait aussi la mort, la douleur, la peine et les bons moments; le village de Torricella Peligna ressemblait à un seul être humain. Ma grand-mère était un doigt arraché au restant du corps, et rien dans sa nouvelle existence ne pouvait la consoler de son désespoir. Elle ressemblait à tous les gens qui avaient quitté cette partie de l'Italie. Certains étaient mieux lotis que d'autres, certains étaient riches, mais la joie avait quitté leur vie, et le nouveau pays était un lieu solitaire où *O Sole Mio* et *Reviens à Sorrente* étaient des chansons qui brisaient le cœur.

Les cris de Bettina ont fait sortir ma mère de sa chambre; ses épais cheveux bruns descendaient jusqu'à sa taille, ses mains serraient sa chemise de nuit autour de son corps. Ses yeux étaient énormes, verts et perpétuellement étonnés. Elle était née à Chicago, mais de parents italiens; comme Grand-maman, c'était réellement une paysanne; la marque du déracinement était aussi sur elle, une femme indiciblement autre, pas italienne et encore moins américaine, une fragile misfit. Sa famille était originaire de Potenza, une ville au-dessus de Naples, un endroit célèbre pour ses rousses.

Selon Grand-maman Bettina, après les Américains les habitants de Potenza étaient les humains les plus ridicules de la planète. Non que Grand-maman ait jamais mis les pieds à Potenza – elle n'avait jamais visité cette ville –, mais toute sa vie elle avait entendu les histoires les plus folles à propos des habitants de Potenza.

Comme les Abruzzais avaient besoin de têtes de Turcs, ils avaient choisi les Potenzais, un peu comme les Calabrais méprisent les Siciliens, les Napolitains crachent sur tout ce qui habite au sud de Naples, les Romains regardent de haut les Napolitains, et les Florentins se moquent des Romains. Pour les Abruzzais, les habitants de Potenza constituaient une mine inépuisable de plaisanteries douteuses, à croire que les Potenzais étaient tous des nains qui habitaient des maisons bancales. Dès que mon père entendait le nom de Potenza, il ne pouvait retenir un rire sarcastique et condescendant. Il avait épousé la fille des Potenzais, Dieu le lui pardonne, mais il était toujours prêt à considérer avec une sorte d'indulgence bienveillante cette ironie du destin, et à pardonner à son épouse ses parents.

A la porte de Bettina, Mama a écouté les dernières lamentations de la vieille femme, puis elle a fait claquer sa langue d'un air désolé, car les Potenzais rendent aux Abruzzais la monnaie de leur mépris.

« Elle souffre, cette pauvre vieille chose. Elle a eu une vie tellement dure... tous ces gens. »

« Quels gens? »

« Les Abruzzais. Pas étonnant qu'ils aient mauvais caractère et soient durs comme la pierre. Les Abruzzes, c'est rien que des cailloux, quelques chèvres et pas d'électricité. Comme la Calabre, la Sicile, toutes ces régions déshéritées. »

Elle n'avait jamais visité ces lieux, n'était jamais sortie de son immeuble de Chicago.

« Comment le sais-tu? »

« Tout le monde le sait. Ça se voit à la façon dont ils agissent, braillent, jurent, se battent. Ils ont ça dans le sang. Regarde ton père. »

Elle s'est approchée, et avec elle l'odeur du sommeil, agréable parfum de moisi, de talc, de savon et du tiroir supérieur de sa commode qui contenait tous ces sachets odorants. Parfois, quand je ne parvenais pas à dormir, j'allais dans sa chambre, j'échangeais mon oreiller contre le sien, et cette odeur avait sur moi l'effet d'une drogue. Elle semblait tellement plus âgée que ses quarante ans. J'avais du mal à croire qu'un jour elle avait été jeune. Il y avait une photo d'elle à dix ans, assise sur une balançoire dans un jardin de Chicago, mais là aussi elle paraissait avoir quarante ans, une petite fille de quarante ans avec des couettes et des chaussures blanches.

A l'évier elle s'est servie un verre d'eau qu'elle a bu lentement, car l'eau était glacée; j'ai entendu le liquide descendre en elle.

« Tu as été en ville ce soir? » elle a demandé.

« Je suis allé au cinéma. Je l'ai pas vu. »

« Qui donc? » Elle m'a demandé innocemment.

« Papa. »

« Il a perdu dix dollars hier soir. »

Si mon père reconnaissait en avoir perdu dix, il en avait sûrement perdu dans les cinquante. C'étaient ses parties de billard qui nous permettaient de joindre les deux bouts en hiver. Il était de très loin le meilleur joueur de billard de tout Roper, mais son adresse même se retournait contre lui, car il lui était difficile d'appâter des adversaires, et il devait concéder trop de points. Il avait beau être fort pour deviner les talents d'un inconnu, il tombait parfois sur un escroc de Denver ou de Cheyenne qui lui raflait jusqu'au dernier sou. Il devait alors repartir de zéro, jouer des parties pour un quart de dollar ou un demi-dollar, parfois emprunter pour se remettre à flot et amasser une nouvelle cagnotte.

« Y a-t-il des femmes là-bas? » a demandé Mama.

Elle me posait régulièrement cette question, à laquelle je répondais toujours par la négative, mais elle avait son idée à elle. L'*Onyx* était un vaste saloon, avec un bar à l'entrée et, derrière une cloison, une salle réservée au billard et au poker. Les femmes n'avaient pas le droit de pénétrer dans cette salle, mais au bar elles étaient aussi nombreuses que les hommes.

« C'est un quartier mal famé de la ville », elle a dit. « J'aurais peur d'y aller. »

« Pourquoi est-il mal famé? Il y a un poste de police juste en face de l'*Onyx.* »

« C'est vrai », elle a dit, le regard dans le vague, préoccupée par autre chose.

J'ai deviné. Mais elle n'osait pas me le dire en face : elle soupçonnait mon père de faire les quatre cents coups. Cela semblait pourtant tellement absurde – ce cher vieux Papa, père de quatre enfants, poseur de briques au chômage, qui essayait de gagner quelques billets avec une queue de billard; il avait bien assez de soucis pour ne pas se mettre une autre femme sur le dos. En vérité, mon père n'aimait pas beaucoup les femmes. Même pas sa mère, et certainement pas son épouse.

« Qu'est-ce qui cloche chez lui? » Elle a continué. « Je ne comprendrai jamais ça. Un gentil foyer, quatre enfants merveilleux, des spaghetti sur la table, du vin à la cave, mais il sort tous les soirs. Même s'il ne s'intéresse pas à moi, il pourrait au moins montrer un peu de considération pour ses enfants. Pourquoi un homme agit-il ainsi? »

« C'est très simple. Il déteste les femmes et les enfants. Et puis, que deviendrions-nous s'il ne ramassait pas quelques dollars en jouant au billard? »

« Tout le temps? Jour et nuit? Dimanches inclus? Dire qu'il ne va même pas à la messe une fois de temps en temps... Personne ne joue autant au billard. »

« Il est comme ça, tu ne le changeras pas. »

« Il changera. Dieu interviendra un de ces jours. Tu verras. »

Elle faisait allusion à ses prières, aux milliers de perles de rosaire égrenées au fil de milliers de jours sur ses genoux dans sa chambre fermée à clef. Sur ses rotules, de menues bosses en témoignaient.

Elle s'est approchée tranquillement derrière moi, et j'ai senti ses doigts frais dans mes cheveux, puis ses mains qui caressaient mes oreilles en feuille de chou.

« Arrête », j'ai dit en m'écartant.

« Porte le bas. Et continue de prier. »

Le remède des Potenzais contre les oreilles décollées consistait à porter un bas de femme sur la tête pendant la nuit. Ce remède était parfaitement efficace tant qu'on portait le bas. Mais dès qu'on l'enlevait, les oreilles reprenaient leur position initiale.

« J'ai appris à me faire une raison pour mes oreilles, Mama. S'il te plaît, tâche donc de m'imiter. »

« Mais as-tu *essayé* la Sainte Vierge? Essaie-la pendant un mois. Si elle peut faire marcher les infirmes, tu comprends que ça lui sera très facile de... »

« La ferme! » j'ai crié. « Laisse-moi tranquille, laisse mes oreilles tranquilles! »

Blessée, les yeux écarquillés, elle m'a regardé, puis elle s'est retournée sans un mot avant de rentrer lentement dans sa chambre, laissant derrière elle un sillage de soucis et de peine, comme un voile de mariée déchiré.

Je regrettais de m'être mis en colère contre elle, je me suis détesté, mais l'idée de prier la mère de Dieu pour qu'elle m'aplatisse les oreilles semblait de la folie pure, vu que son fils avait décidé de les décoller. La prière! A quoi servait-elle donc? A quoi avait-elle avancé ma mère? Mon père à côté d'elle au lit chaque nuit, écoutant le léger cliquetis de son rosaire, la trouvant à genoux, tremblant de froid, bon Dieu que fais-tu agenouillée, pour l'amour du Christ viens te coucher avant de mourir de froid, ses prières à elle un claquement de fouet sur son cul à lui, lui rappelant son indignité, son épouse comme un enfant qui envoie des lettres au Père Noël, renonçant à la vie entre les bras de Dieu, de sainte Thérèse, de la Vierge Marie. Oh, ma mère était une brave femme, une noble femme, elle ne trichait jamais, ne mentait jamais, ne trompait jamais ni ne disait une parole désagréable. Elle récurait les planchers, mettait à sécher d'énormes quantités de lessive, repassait tant et plus, cuisinait et cousait et balayait et souriait courageusement dans l'adversité, victime de Dieu, victime de mon père, victime de ses enfants, elle allait et venait avec les stigmates du Christ sur ses mains et ses pieds, une couronne d'épines sur la tête. Sa souffrance était insupportable à voir, au point que j'aurais voulu l'entendre dire et merde, ou bien allez vous faire foutre, ou encore des clous, je m'en bats l'œil. Je désirais ardemment le jour de révolte où elle casserait un pichet de vin sur le crâne de mon père, frapperait Bettina à la bouche, fustigerait ses enfants avec une badine. Au lieu de quoi elle nous punissait à coups de Notre Père et de Je Vous Salue Marie, elle nous étranglait avec les perles de son rosaire.

La prière. Oh, la prière! Oh, toutes ces paroles dans le vide pour quémander de petits services comme une paire de chaussures neuves, ou des miracles comme grandir de quinze centimètres pour que ma balle soit vraiment rapide. Des années de prières – et avec quel résultat? J'avais même renoncé à me mesurer contre le mur de la chambre. Quelle futilité! Si saint François d'Assise, l'un des princes de l'Église, mesurait seulement un mètre cinquante, quelle chance avais-je d'atteindre un mètre quatre-vingts? Zut, c'était une vraie perte de temps, un grincement de dents au milieu du désert.

***

Le vieux réveil posé sur le poêle égrenait les secondes et les minutes; quand j'ai eu fini mon travail, il était une heure passée. Maintenant la maison était froide, d'un froid glacé qui envahissait la cuisine en montant du sol. J'ai entendu quelque chose, un pas ou un soupir, et j'ai regardé dans la cour de derrière. Le monde était blanc et silencieux comme la lune. Des monticules de neige indiquaient les rangées de choux enfouis sous la paille dans le jardin. Peu à peu j'ai senti une présence, quelque chose dehors qui entourait la maison, une énergie vivante et invisible, dangereuse comme un cambrioleur, et qui essayait d'entrer, qui regardait par toutes les fenêtres, poussait aux portes et contre les murs. Je savais ce que c'était, j'avais peur d'y penser.

Quittant la fenêtre, j'ai pris la grande bouteille d'Onguent de Sloan dans le placard à vaisselle. J'en ai versé une bonne rasade au creux de ma paume et j'ai fait pénétrer son odeur de pin dans Le Bras, étalant, frottant et massant le liquide dans la chair. J'en ai mis sur ma poitrine et mon cou, puis sous mes narines jusqu'à ce que j'aie retrouvé mon calme et que la douleur m'ait consumé.

Quel problème! L'avenir serait-il donc aussi triste? D'autres gens étaient harcelés par des pensées de mort, mais chacun les mettait au pas à sa manière. Je ne pouvais compter éternellement sur Le Bras et le saturer d'onguent. Tout cela ne présageait rien de bon. Qu'arriverait-il si je me perdais dans les montagnes pendant une semaine, seul et sans Onguent de Sloan? Je me suis vu courant comme un fou à travers la forêt en hurlant.

Très loin dans la rue, l'air immobile et glacé a porté jusqu'à moi le bruit de pas rapides qui écrasaient la neige. Ce ne pouvait être que mon père. Il marchait toujours avec détermination et une grande énergie, même lorsqu'il n'allait nulle part. Le porche de devant a tremblé quand il a frappé ses chaussures contre ses planches pour en faire tomber la neige.

« Saloperie », je l'ai entendu marmonner comme il entrait dans la pièce de devant en reniflant. Il a parcouru la maison d'un pas sonore, sa façon à lui d'informer tout le monde de son retour, puis il m'a trouvé devant l'évier de la cuisine, la bouteille d'onguent à la main.

« Quand vas-tu grandir? » il a dit, les narines palpitantes.

Ses joues brillaient comme des pommes. Il a accroché son chapeau et son manteau à un clou derrière la porte. Il avait quarante-cinq ans, des mains massives, des doigts courts et épais. C'était un homme soigneux, très scrupuleux quant à son habillement; même en vêtements de travail il avait fière allure à cause des cravates blanches qu'il affectionnait, et de sa petite moustache qu'il entretenait méticuleusement. A l'index de la main gauche il portait un large anneau d'argent qui, prétendait-il, était le secret de son adresse au billard. Bien qu'il fût rarement à la maison, sinon pour manger et dormir, toutes les pièces semblaient se mettre au garde-à-vous dès qu'il en franchissait le seuil.

Je l'ai regardé sortir un mégot de cigare de la poche de sa chemise et enfoncer ses dents dedans pendant qu'il prenait une cruche de vin et versait son contenu dans une casserole. Non seulement il fumait des cigares, mais il les mangeait, petit morceau par petit morceau. Il a approché une allumette d'un des feux de la cuisinière, puis posé la casserole sur la flamme bleue. Après quoi il a mis quelques feuilles de laurier dans le vin. Il l'a regardé en silence, attendant qu'il chauffe.

« Papa », j'ai dit. « Penses-tu parfois à la mort? »

Il m'a regardé d'un air surpris.

« En voilà une drôle de question. »

« Alors, tu y penses? »

« Et pourquoi donc? »

« Réponds. Y penses-tu parfois? »

« Jamais. »

« Jamais? »

« Jamais. Et toi-même, n'y pense pas. Pense à la vie. Pense à l'école. Comment ça va à l'école? »

« Bien. Je vais avoir mon diplôme de fin d'études. »

« Et après? »

« Je sais pas. J'y réfléchis. »

« A quoi? »

« A ma carrière. »

« Quelle carrière? »

« Mon avenir. »

« Et quel avenir envisages-tu? »

« Il y a plusieurs possibilités. »

« Le base-ball », il a dit. « Pfff. »

« Ai-je fait la moindre allusion au base-ball? »

« Tu connais Johnny Di Massio? »

Je le connaissais : un poseur de briques, italien comme mon père, et un requin des salles de billard.

« Le poseur de briques le plus rapide et le plus adroit de tout l'État. Un gaucher, comme toi. »

« La similitude qui nous lie ne me frappe pas outre-mesure », j'ai rétorqué pour le vexer, car mon père parlait un anglais hésitant et imprécis.

« Un jour tu les poseras encore plus vite que Johnny. »

Je ne m'attendais pas à cela. J'ai levé mon bras gauche vers la lumière. « Tu me demandes d'utiliser *ça* pour poser des briques? Tu ne parles pas sérieusement, j'espère. »

« Mais si, je suis sérieux. Je vais t'apprendre le métier. Trois, quatre ans à préparer le mortier et porter la hotte, et puis tu monteras à côté de moi sur l'échafaudage. Nous serons associés – père et fils, entrepreneurs, nous trouverons du boulot ensemble. Pour faire de l'argent. »

Voilà des années qu'il essayait de me convertir à son métier de poseur de briques. Son père et ses grands-pères, depuis des générations, avaient été maçons et poseurs de briques; il croyait que la famille avait ça dans le sang et que chaque génération nouvelle serait fidèle à la tradition. Quand j'ai eu seulement sept ans, il m'a emmené sur son chantier pour la première fois et je gagnais dix cents par jour en portant de l'eau aux poseurs de briques. Les deux étés précédents, j'avais travaillé pour lui comme aide, je m'occupais de la bétonnière et préparais les hottes. Ç'avait été un boulot d'esclave, Le Bras avait détesté ça, il avait eu mal tout le temps.

Quant à mon père, c'était un excellent poseur de briques, il les empilait aussi adroitement qu'il jouait au billard, avec des gestes prestes et précis, mais il avait beau travailler d'arrache-pied, il restait toujours aussi pauvre, jusqu'au jour où il est devenu évident que son métier, et non lui-même, était responsable de sa pauvreté.

J'ai essayé de parler calmement, raisonnablement, car je redoutais ses coups de gueule comme la peste.

« Papa », j'ai commencé, « je regrette de te le dire, mais je ne crois pas que poser des briques soit dans mon tempérament. »

« Tempérament – qu'est-ce que le tempérament vient faire là-dedans? Suffit de poser une brique sur l'autre, et de garder ton mur d'aplomb. N'importe quel crétin est capable de faire ça. »

« Mes talents m'orientent vers une autre voie. »

« Quels talents? »

« Des talents bien précis. On pourrait dire que je suis né avec. »

Il m'a lancé un regard dégoûté, a pris un verre sur l'étagère et l'a posé violemment sur la table. Puis il a versé le vin chaud dedans, et soufflé dessus pour le refroidir en me dévisageant d'un air mauvais.

« Quels talents? » il a répété.

J'ai failli lui dire la vérité, mais au dernier moment je n'ai pas osé lui parler de base-ball. Son poing frôlait mon visage de temps à autre, il faisait exprès de me rater, mais on ne pouvait jamais être absolument certain.

« La médecine », j'ai dit. « Aider les malades à guérir, les petits enfants handicapés, les gens qui ont des problèmes cardiaques ou qui souffrent d'hydropisie. »

La colère a quitté son visage, il buvait pensivement son vin fumant. « Faut de l'argent », il a dit.

« Et du temps. »

« Combien de temps? »

« Huit ans d'université. »

« Tu ferais mieux de trouver autre chose. Je peux pas te payer ces études. Bon Dieu, petit, tu as presque dix-huit ans! Moi, à ton âge, je taillais des pierres. »

« Je ne veux pas poser des briques. »

Il s'est assis en soupirant.

« Écoute, petit », il a fait en passant ses doigts dans ses cheveux. « Je sais ce qui te démange, mais tu ne serais pas obligé de renoncer au base-ball. Tu pourrais jouer avec le Syndicat des Plâtriers. Ils ont une bonne équipe. Le base-ball le dimanche, c'est très chouette. »

« Oh, formidable. Poser des briques toute la semaine, me bousiller les doigts et lancer le dimanche. C'est la meilleure proposition qu'on m'ait faite depuis des années. »

Il a secoué la tête d'un air patient en serrant son verre à deux mains, respirant les vapeurs de vin sans me regarder.

« Nous traversons une sale passe », il a dit tranquillement. « Nous devons de l'argent à tout le monde – au propriétaire, à la compagnie du gaz et de l'électricité, au boucher, au médecin, à la banque, à la scierie. » Ses yeux marron se sont levés comme d'un profond bassin, m'implorant de comprendre.

Il n'avouait pas facilement une crise. C'était un homme fier qui avait foi en lui-même et dans les époques de vaches grasses; pour un pauvre, il évitait autant que possible d'étaler ses problèmes au grand jour. Jusqu'alors, il n'avait jamais sollicité mon aide. Je l'ai regardé et j'ai vu un homme solitaire avec une ribambelle de gosses et aucune solution de rechange. Il ne posséderait jamais plus que les vêtements qu'il portait, son sac d'outils de maçon, sa bétonnière, et sa queue de billard préférée. D'année en année, il continuerait de travailler jusqu'à ce que ses forces déclinent, jusqu'au jour où il ne pourrait plus se pencher sur un mur, jusqu'au jour où la truelle tomberait de sa main. Pourquoi était-il venu de si loin, de ses Abruzzes natales, si son avenir se bornait à ça? Grand-maman Bettina avait raison. Il aurait dû rester au pays. Et dans ce cas, ma vie aussi en aurait été changée. A quel jeu jouaient les habitants de Torricella Peligna – au football anglais, au bocci?

« Je vais t'aider, Papa. »

« T'es un bon garçon », il a dit en buvant une longue gorgée de vin chaud. « En juin, tu as ton diplôme. Et après, nous nous mettons au travail. On va leur montrer! Ils vont pas en revenir. Le père et le fils. Nous allons payer nos dettes, économiser, et un jour nous nous lancerons dans le commerce du bois. »

« Le commerce du bois? » j'ai demandé.

« Y a de l'argent à se faire. »

« Très peu pour moi. Je veux bien apprendre à poser des briques, mais je n'ai rien à voir avec le commerce du bois. »

« Pas tout de suite. Dans un petit moment. On posera des briques pendant quatre ou cinq ans, puis on passera au bois. »

« Mais pourquoi le commerce du bois? Poser des briques ne te suffit donc pas? »

« C'est bien ce que je veux dire. Ça vaut le coup de travailler dur pour s'en sortir. Ce n'est qu'un début. »

J'avais donc maintenant une vue d'ensemble du livre. La Vie Tragique de Dominic Molise, écrite par son père. Première Partie : Les Joies du Poseur de Briques. Deuxième Partie : Un Métier Exaltant : Le Commerce du Bois. Troisième Partie : Comment Laisser Votre Père Bousiller Votre Vie. Quatrième Partie : Ci-Gît Dominic Molise, Fils Obéissant.

Après réflexion, j'ai décidé de ne pas discuter, pas à cette heure. Je suis resté assis pour apaiser mon bras, le caresser, le calmer tandis qu'il geignait comme un enfant.

Papa a vidé son verre et lissé sa moustache avec un doigt, levant la tête vers la lumière pour la première fois. Alors je l'ai remarquée, la tache écarlate sur sa lèvre supérieure, juste en dessous de la moustache. Je n'ai pas pu m'empêcher de la fixer, il a perçu ma surprise, mon incrédulité, le sang a afflué à son visage. D'un pas vif, il a traversé la cuisine jusqu'au miroir au-dessus de l'évier, et quasiment jeté son visage devant.

« Saleté de rasoir », il a fait.

Il m'a regardé pour voir si ça marchait, mais j'avais déjà tourné la tête.

« Tu t'es aussi entaillé le menton, et le cou. »

« C'est rien. »

Rien que du rouge à lèvres. J'avais honte, je ne pouvais pas le regarder en face. Le commerce du bois. Associés. Père et fils. J'ai voulu lui cracher dessus, je vomissais sa médiocrité, son hypocrisie, sa trahison, et à travers lui moi-même, ma sœur Clara et mes frères, tous nos jours et toutes nos nuits, nos vies liées à lui.

Nous n'avons pas prononcé un mot pendant que je rassemblais mes livres et mes cahiers. Au moment où j'allais partir, il a touché mon épaule, mais je me suis défilé dans le salon, puis dans ma chambre. Dans la lumière neigeuse qui filtrait par la fenêtre, je me suis déshabillé, puis glissé au lit à côté de mon frère August. Il a sursauté et dit ô Dieu quand l'odeur de l'onguent a touché ses narines.

La lueur de la neige rendait la chambre phosphorescente. En haut de la fenêtre, des stalactites pendaient comme le caramel de ma mère, qui se solidifiait toujours avec des zébrures de verre brisé.

De la cuisine déferlait un océan de silence rugissant baratté par mon père. Je m'en moquais, je m'en foutais éperdument. Et pourtant cela me tenait à cœur. Pourquoi ne l'avait-il pas essuyé? Pourquoi avait-il été négligent au point de m'obliger à les voir, ces traces de lèvres d'une femme qui n'était pas ma mère?

Ces horribles femmes de l'*Onyx*! Où donc, sinon là, mon père aurait-il trouvé une autre femme pour l'embrasser! Je les voyais maintenant, ces femelles au gros cul et à la redoutable descente qui travaillaient à l'usine de poterie, divorcées ou femmes mariées qui faisaient l'ouverture du saloon à dix heures du matin et ne décanillaient pas avant la fermeture, à deux heures. Elles formaient un club très privé, une sorte de ligue pro-alcoolique.

Je l'entendais dans la cuisine, qui faisait mousser le savon, se lavait le visage à grande eau, soufflait et ahanait comme qui nage pour sauver sa vie. Ses pas ont résonné, il est arrivé à la porte de la chambre.

« Viens ici », il a murmuré.

« Pourquoi? »

« Je veux te parler. »

Je me suis levé en caleçon et suis retourné derrière lui dans la cuisine. Son visage exprimait la souffrance, son front était ridé, ses yeux suppliants.

J'ai attendu sur le seuil.

« Te fais donc pas des idées », il a commencé. « C'est rien. Une cinglée qui traînait là-bas. Je connais même pas son nom. »

« Ça va. »

« Bien sûr. C'était juste une cinglée. »

J'ai pivoté sur les talons pour retourner dans ma chambre.

« Une minute. »

Je lui ai de nouveau fait face.

« Tu sais comment est ta mère. »

« Je ne dirai rien. »

« J'ai déjà assez d'ennuis comme ça. Tu comprends? »

« Mais oui, Papa. »

« Je me moque de ce que tu penses de moi, mais ne fais pas de peine à ta mère. »

« Je sais. »

« Tu comprends ce que je veux dire? »

« Je comprends. »

« Okay. Sois un homme. »

« Okay. »

Je suis retourné dans ma chambre et me suis couché. La lumière s'est éteinte dans la cuisine, le plancher a grincé sous ses pas quand il a rejoint sa chambre à côté de la nôtre. Sa chaussure a heurté le plancher avec un boum sonore, puis il y en a eu un autre. J'ai entendu ses pièces et ses clous tintinnabuler quand il a retiré son pantalon, puis les ressorts du lit grincer lorsque son corps s'est allongé aux côtés de ma mère.

Je les ai imaginés, reposant là-bas dans les ténèbres d'univers différents, partageant la même auge, comme un baudet et une poule. Mari et femme côte à côte, dans les deux cocons d'un matelas affaissé, mais séparés par les restes de leur mariage défunt. J'en ai frémi. Eh bien, tant pis! Ma mère ne comptait donc plus pour grand-chose, avec ses dents douloureuses qu'elle perdrait un jour ou l'autre, ses cheveux striés de gris et qui allaient tomber. Elle ne possédait pas de rouge à lèvres, ses fesses auraient semblé ridiculement menues sur un des tabourets de bar de l'*Onyx*, mais jamais elle ne laisserait la trace de sa bouche sur le visage d'un autre homme. Elle faisait ce qu'il fallait, elle se soumettait à la volonté divine – la lessive, le ménage, la cuisine, l'éducation de ses enfants. L'un dans l'autre, cela suffisait pour pousser un homme hors de son foyer et l'on ne pouvait guère reprocher à mon père ses escapades. Mais ces femmes! Ces feignantes au gros cul! Elles savaient qu'il avait une femme et une famille, pourtant elles étalaient leur rouge à lèvres sur son visage, et la permission qu'il leur accordait le rendait aussi méprisable qu'elles.

J'avais beau me tourner et me retourner, le sommeil ne venait pas. Ma main a senti quelque chose sous l'oreiller d'August. J'ai tiré l'objet en faisant attention de ne pas bouger la tête de mon frère. C'était une grande enveloppe brune. Depuis des mois je cherchais cette mystérieuse enveloppe, car je savais qu'il la cachait et y tenait comme à la prunelle de ses yeux.

La bouche ouverte, il dormait profondément, si bien que je me suis assis dans le lit pour examiner le contenu de l'enveloppe. C'étaient des photos osées de Carole Lombard, une collection variée de clichés qui me semblaient curieusement lumineux dans la froide lumière de la neige. On la voyait en maillot de bain et en déshabillé, portant de larges chapeaux ou des costumes de pirate, à cheval ou en canot à moteur, debout sur la pointe des pieds en petite tenue.

Alors j'ai découvert la vraie raison des cachotteries d'August. Certains portraits étaient signés de la main de mon frère. « Pour mon August que j'aime – Carole. » « A August, avec mon amour éternel – Carole. » « Pour Augie, toujours je garderai le souvenir des nuits de Malibu – Carole. » « Cher August, fais de moi ce que tu veux. Je t'appartiens corps et âme. Ta Carole. »

On ne pouvait que rire de ce subterfuge, leur auteur passait forcément pour un crétin. Je l'ai regardé avec sa bouche ouverte, son haleine qui formait de brefs nuages dans l'air glacé. Mais tous ces autographes n'avaient rien de drôle. Il avait écrit des choses tristes, des choses intimes, trop sacrées pour être lues par autrui. Il avait quinze ans, mais je l'avais toujours traité comme s'il n'avait jamais dépassé l'âge de cinq ou six ans. Pourtant il était là, de deux ans seulement mon cadet, et il rêvait de Carole Lombard avec la même passion que moi du base-ball. La tendresse m'a envahi. Je me suis penché au-dessus de lui pour embrasser la peau froide de son front. Ensuite, j'ai remis les photos dans l'enveloppe, et glissé l'enveloppe sous son oreiller.

Allongé dans la nuit blanche, j'ai regardé mon haleine s'échapper en volutes opaques. Des rêveurs, une maison pleine de rêveurs. Grand-maman rêvait de son village dans les lointaines Abruzzes. Mon père rêvait de rembourser toutes ses dettes et de poser des briques côte à côte avec son fils. Ma mère rêvait de sa récompense céleste avec un mari joyeux qui ne courrait plus la gueuse. Ma petite sœur Clara rêvait d'entrer dans les ordres, et mon petit frère Frederick avait une folle envie de grandir pour devenir un cow-boy. Fermant les yeux, j'ai entendu le bourdonnement des rêves qui emplissaient la maison, puis je me suis endormi.

II

Je me suis soudain senti aspiré hors des profondeurs du sommeil par une présence très proche. Ce n'était pas un rêve. Il y avait quelqu'un dans la chambre en plus de mon frère et moi. J'ai ouvert les yeux.

L'air était absolument glacé. Je voyais les panaches de gaz carbonique qui sortaient de ma bouche. A mon chevet se tenait une femme si proche que j'aurais pu la toucher. Elle portait une belle robe en velours bleu, et sa taille mince était soulignée d'un cordon doré qui s'harmonisait avec ses cheveux blonds. Ses pieds étaient enfermés dans des sandales bleues aux lanières dorées. Elle baissait les yeux vers moi en souriant. Un instant, j'ai cru que c'était Carole Lombard. Sa main tenait un globe lumineux, la planète Terre, dont les continents étaient couverts d'or, et les océans et les fleuves bleu ciel.

Brusquement, j'ai compris qui elle était; le choc de ma découverte m'a fait me glisser en tremblant sous les couvertures. C'était la Vierge Marie. Forcément. Mes battements de cœur faisaient palpiter le lit, j'avais peur de la regarder encore.

J'ai secoué mon frère. « Augie. »

« Quoi? » Il s'est retourné de l'autre côté.

Je l'ai secoué de nouveau en m'approchant de lui.

« Y a quelqu'un dans la chambre », j'ai chuchoté.

La seconde suivante, il était assis, parfaitement éveillé et terrifié. « Où? » il a dit. « Je vois personne. »

Je me suis assis et j'ai regardé l'endroit où je l'avais vue. Elle était partie. Je l'ai montré du doigt. « Elle était juste là. Je l'ai vue comme je te vois en ce moment. »

« Qui? »

« La Sainte Vierge. »

« Oh, merde! » il a fait en s'allongeant aussitôt, dégoûté, avant de tirer les couvertures sur sa tête.

***

Le lendemain matin, lorsque ma mère nous a réveillés, je me suis senti bizarre en posant le pied par terre et quand je me suis habillé. Allongé sur le dos, Augie regardait le plafond.

« Dis donc, t'as fait un sacré cauchemar. »

« C'était pas un cauchemar. Je l'ai vue. »

« T'es fêlé. »

« Je l'ai vue, bon Dieu! »

Il a repoussé les couvertures et enfilé son pantalon.

« Peut-être que tu l'as vue, après tout. » Il s'est penché pour mettre ses chaussettes. « Elle apparaît seulement aux simples d'esprit. »

« J'te dis que je l'ai vue. »

« Rends-moi un service. »

« Faudra m'y forcer. »

« Dis rien à Mama. Tu sais comment elle est. Elle te croira et elle transformera cette chambre en sanctuaire. Elle allumera des cierges partout, éclaboussera toutes nos affaires d'eau bénite. J'ai pas envie de dormir dans une sorte de grotte, comme à Lourdes. »

« Augie, je jure devant Dieu que je l'ai vue. »

« Je suis très heureux pour toi, Dom », il a répondu en souriant. « Je suis très heureux pour toute la famille. C'est pas tout le monde qui a un saint comme frère. Pas étonnant qu'on soit si riches. »

On s'est lavés avant d'aller dans la cuisine prendre notre petit déjeuner de céréales et de café. Clara et Frederick étaient déjà là, ils finissaient leur repas. Grand-maman était postée à côté de la table comme un flic rébarbatif, tenant fermement les deux poignées du sucrier en étain. Elle s'était arrogé la fonction de surveillante et dispensatrice du sucre, opposée à son utilisation sous toutes ses formes, alors que nous préconisions son emploi en toutes circonstances. Chaque matin, elle ramenait le sucrier de sa chambre, ses mains veinées de bleu crispées sur les poignées, puis se bagarrait avec nous à chaque cuillerée.

Clara et Frederick sont partis pour l'école;

Augie et moi mangions en silence pendant que maman buvait lentement son café noir. Alors Augie m'a donné un coup de coude.

« Mama », il a dit. « T'as vu la Vierge Marie dernièrement? »

« Oh oui », elle a répondu. Son visage s'est illuminé.

« Comment était-elle? »

« Très belle. Elle est si adorable. »

« Était-elle au ciel? »

« Oh, non. Elle était dans le poulailler. »

« Le poulailler? Elle faisait quoi? »

Mama s'est penchée en avant, les yeux écarquillés d'enthousiasme. « Elle était agenouillée au pied de la croix, elle embrassait les pieds de Notre Seigneur. »

Augie s'est tourné vers moi avec un hochement de tête plein de sous-entendus.

« Elle t'a dit quelque chose? »

« Elle m'a dit : " Voici mon fils bien-aimé, qui est mort pour les péchés du monde. " »

Augie m'a souri.

« T'as entendu, imbécile? »

« La ferme », j'ai répondu.

« J'aimerais bien qu'elle s'occupe un peu de moi, pour changer », il a dit. « C'est toujours les mêmes qui ont de la chance. »

« Il suffit que tu pries », a rétorqué ma mère. « On peut tout obtenir par la prière. »

« T'entends ça, crétin? Prie! »

J'ai saisi une poignée de céréales, que je lui ai lancée au visage. Mais il n'a pas bronché; le brouet dégoulinait de son nez et de ses yeux, mais il souriait toujours.

« Oh, Dominic! » s'est écriée Mama. « Pourquoi? »

« Frère contre frère », a grommelé grand-maman, les mains croisées sur le ventre. « Dieu vienne en aide à l'Amérique! »

J'ai pris mes livres et suis parti à l'école.

***

Toute la matinée la question m'a tourmenté, toile d'araignée de souvenirs trop poisseux pour espérer s'en défaire. Avais-je vraiment vu la Vierge Marie, ou bien ma mère était-elle venue vérifier si nous dormions? Non, l'hypothèse de ma mère ne tenait pas. Une femme inconnue était-elle entrée en secret dans notre maison? Ç'avait peut-être été une illusion d'optique, une distorsion de la lumière et de l'ombre. Qui avait jamais entendu parler d'une femme en robe de velours bleu et sandales dorées qui s'aventurait la nuit dans une chambre? Et pourquoi avais-je senti sa présence avant même de la voir?

Toutes ces questions ont eu raison de moi. J'ai séché la géométrie pour aller me balader. Sur la véranda du rectorat le père Murray faisait les cent pas en manteau noir et lisait son bréviaire. Je me suis dirigé vers lui pour lui parler de ma vision, puis j'ai compris qu'il ne pourrait pas m'aider, car il connaissait la réponse à tous les dilemmes du ciel et de la terre, qu'il écartait comme autant d'obstacles dérisoires.

Je suis arrivé à hauteur de la porte latérale de l'église, et je l'ai franchie, retrouvant alors l'odeur d'encens des baptêmes et des enterrements, de la grand-messe et des bénédictions, ma propre odeur, celle de mon passé, de ma vie avant ma naissance et après ma mort. Ma mère et mon père s'étaient mariés dans cette église, tous leurs enfants y avaient été baptisés. L'enterrement de Grand-papa Giovanni avait eu lieu ici; il en irait de même pour Grand-maman et pour nous tous. J'ai soudain eu l'impression d'entrer dans l'église de Torricella Peligna. Je n'y avais jamais mis les pieds, mais elle ne pouvait que ressembler beaucoup à cette église – mêmes sortes de cierges et d'encens, quelques vieilles agenouillées en prières, identiques aux deux ou trois femmes que je découvrais maintenant inclinées devant l'autel de la Vierge.

J'ai trempé le bout de mes doigts dans l'eau du bénitier, fait le signe de croix, puis avancé sur la pointe des pieds vers la statue de la Vierge. Son visage de plâtre et de cire était incliné. Je me suis agenouillé. Ses pieds nus écrasaient un serpent, elle tenait l'enfant Jésus entre ses bras. Ce n'était pas une statue séduisante, les joues de la Vierge étaient boursouflées, sa mâchoire trop carrée, son expression insolente plutôt que souriante. Le bébé avait le visage ridé d'un vieillard coléreux, et il était à peine plus grand que les mains de sa mère.

J'ai essayé de prier. « Était-ce vous? » je lui ai demandé. « Qu'est-ce que ça veut dire? » J'ai levé les yeux vers elle; et plus je la regardais, plus la statue devenait laide, jusqu'au moment où j'ai pensé que je n'avais pas du tout vu la Vierge, mais une créature terrestre, peut-être Carole Lombard, après tout, ou Garbo, ou

Jean Harlow, ou Miriam Hopkins. Tempête sous un crâne. C'était épuisant et absurde.

J'ai entendu avec plaisir la cloche sonner midi; quand je suis sorti dans la cour de l'école, le soleil était un cheval qui incendiait le ciel et chassait un troupeau de nuages à travers les montagnes. Les garçons se réunissaient en petits groupes sur les terrains de hand-ball dans les flaques de chaleur dessinées par le soleil. Les filles en blouses blanches et jupes plissées caquetaient et discutaient des religieuses sur les marches de l'école, avec des voix qui ressemblaient à des piaillements d'oiseaux. La nature se réchauffait, les arbres nus dégoulinaient, des plaques de neige glissaient sur les toits en pente, rejoignaient lentement les gouttières, puis tombaient lourdement vers le sol.

Je me suis hissé sur la balustrade du parking des vélos et j'ai senti le chaud baiser du soleil. Quelle journée! Je voyais presque des balles voler longuement ou monter en chandelle dans le ciel bleu. Les gars qui passaient devant moi me saluaient, prenaient des nouvelles de mon bon vieux bras, puis ajoutaient qu'on n'attendrait plus longtemps maintenant. Ensuite, ils disaient : « Salut, Dom » en rendant hommage au plus grand lanceur de Sainte-Catherine, et non au gamin affligé de taches de rousseur et d'oreilles en feuille de chou.

Deux élèves de première année sont passés devant moi; l'un a dit : « Hé, tu n'es pas Dominic Molise? »

« Si, en personne. »

J'ai eu l'impression d'être interviewé par deux journalistes sportifs.

« Je t'ai vu lancer contre Boulder Prep », il a continué. « T'as été formidable, mec! »

J'ai souri avec modestie. « Un doublé au but, si ma mémoire est exacte. »

« T'as marqué dix-neuf points. »

« J'étais dans un bon jour. »

« Hé, Dom. Craches-tu sur la balle avant de lancer? »

J'ai souri mystérieusement.

« La réponse est oui. Mais ne le répétez à personne. »

« Tu crois qu'on aura une bonne équipe cette année, Dom? »

« Le lancer est entre de bonnes mains. »

Ils ont rigolé.

« Combien mesures-tu, Dom? »

« Dans les un mètre soixante-cinq. »

« Bon Dieu, je suis plus grand que lui. »

Je me suis contenté de rire. « Comment t'en tirerais-tu avec une batte, petit, si je lançais en face de toi? »

Ça l'a refroidi. « Sans rancune, Dom. »

« Ça va, petit. »

Ils se sont éloignés.

Même Le Bras est sorti de sa torpeur, comme une plante qu'on pose au soleil. Je l'ai senti palpiter, se réveiller de son hibernation et je l'ai serré amicalement. Doucement, mon bébé; nous ne sommes qu'à la mi-février, ne te laisse pas impressionner par une simple éclaircie; calme-toi, rendors-toi. Après l'école on en lancera quelques-unes, juste histoire de t'amener un peu de sang frais.

A trois heures cet après-midi-là, il s'est mis à

reneiger, des flocons gros comme des hosties, le ciel brouillé d'un crépuscule précoce. Quatre blocs me séparaient de l'Elk Club, où Ken Parrish et moi nous entraînions deux ou trois fois par semaine dans le gymnase. Le père de Ken était le splendide entraîneur des Elks, et il s'arrangeait pour nous confier le gymnase. La salle était trop petite pour s'entraîner à la batte, mais nous faisions du bon boulot en nous mettant chacun à un bout d'une allée de bowling et en faisant circuler la balle.

Ken n'était pas encore là quand je suis arrivé. J'ai enfilé un survêtement et des chaussures de gym, puis je me suis allongé sur un banc dans les vestiaires en l'attendant. Les fenêtres du gymnase étaient au niveau de la rue; je voyais la neige tomber sur le trottoir et les jambes des passants qui pataugeaient, s'arc-boutaient contre la tempête.

C'étaient pour moi des heures formidables, les meilleurs moments de mon hiver, ces après-midi avec Ken Parrish. Il était en terminale au Lycée de Roper, et mon meilleur ami. Seul le base-ball nous permettait de tenir le coup, d'un jour au suivant. Ken était revenu à Roper après s'être fait virer de deux boîtes de la côte Est, non à cause de mauvais résultats, mais parce qu'il séchait les cours pour assister aux matches de base-ball de Fenway Park, à Boston.

Son idole était Lou Gehrig, des Yankees. Ken possédait trois battes cassées de Gehrig et un albuplast avec du sang séché de Gehrig et de courts poils du pouce de Gehrig collés dessus. Voilà comment ça s'était passé : un après-midi, assis derrière l'abri des Yankees, Kenny a vu Lou Gehrig enlever l'albuplast de son pouce et le jeter près de la première base. Ken a couru le long des travées, sauté par-dessus la barrière puis couru sur le terrain de jeu, et ramassé l'albuplast dans l'herbe au moment précis où deux gardiens l'attrapaient par le col. Ils l'ont obligé à quitter le stade, mais Ken s'en moquait : il avait son trophée.

Après le match, il a traîné autour des vestiaires des Yankees jusqu'à ce que Gehrig en sorte. Ken a demandé à la vedette de signer l'albuplast, et Lou s'est exécuté avec son propre stylo à encre. Ce pansement maculé de sang était maintenant accroché au mur de la chambre de Ken, encadré et sous verre. Ken était convaincu qu'un jour ce souvenir vaudrait une fortune, mais j'en doutais. On oublie si vite les anciens joueurs de base-ball.

Les Parrish étaient la plus riche famille de Roper. Ils possédaient la quincaillerie et l'entreprise de meubles; ils habitaient une maison Tudor de trois étages sur College Hill. Ils avaient un court de tennis et la seule piscine privée de toute la ville sur leur propriété. Ils possédaient trois voitures, payaient un cuisinier, un maître d'hôtel et un jardinier qui travaillait à plein temps chez eux. Leur sapin de Noël illuminé remportait chaque année le premier prix du concours.

Leur maison massive en briques ressemblait à un château conçu à une seule fin, à une forteresse destinée à protéger leur fille unique. Kenny m'invitait souvent chez lui, si bien que je savais que la chambre de Dorothy était au premier étage dans l'angle sud-ouest du bâtiment. Combien de soirs, qu'il fasse beau ou mauvais, j'ai modifié mon itinéraire habituel pour pouvoir lever les yeux vers sa fenêtre. Parfois je la voyais là-haut, mais le plus souvent non. Au seul spectacle de la lumière dans l'encadrement de cette fenêtre, de la chaleur derrière les rideaux, mes battements de cœur s'accéléraient. Je l'aimais. C'était fou, impossible, stupide, mais j'aspirais à devenir le tapis qu'elle foulait, le lit dans lequel elle dormait, le savon qui nettoyait sa peau, le trône sur lequel elle s'asseyait.

Elle préparait une maîtrise d'anglais à l'université du Colorado, là-bas à Boulder, et je la désirais depuis la première fois où je l'avais vue, trois ans plus tôt, pendant l'été où elle avait travaillé dans la quincaillerie de son père. Ma chair frémissait à ce seul souvenir.

Ce matin-là, mon père m'avait demandé d'y aller pour lui acheter quelque chose, et Dorothy se tenait en blouse grise derrière le comptoir.

« Je peux vous aider? » elle m'a demandé.

Je lui ai répondu que je voulais un crayon de maçon numéro deux.

« Ce genre de crayon existe-t-il vraiment? » elle a dit en souriant. « Je n'en ai jamais entendu parler. »

« Oh, mais si », j'ai fait. « C'est un gros crayon plat. »

Ses yeux étaient vastes, chauds et gris, ses cheveux impeccablement coupés à la Jeanne d'Arc – la blonde la plus avenante que j'aie jamais rencontrée. Je savais qui elle était, car tout le monde la connaissait en tant que reine des premières années à l'université et au tennis; de plus, sa photo était souvent publiée dans le journal local et le *Denver Post*.

Elle a demandé à son père où étaient les crayons, et il lui a indiqué une étagère près de l'entrée du magasin. Je l'ai suivie le long d'un mur où les marchandises montaient à plus de trois mètres. Elle marchait comme une chatte souple et fluide en chaussures basses blanches. Le bas de sa blouse arrivait à deux centimètres au-dessus de l'ourlet de sa jupe, et son cul ondulait avec la nervosité harmonieuse de celui d'un athlète.

Les crayons étaient rangés sur une étagère près du plafond; il y avait une grande échelle montée sur rails, qu'elle a fait glisser vers l'endroit adéquat. Sans la moindre hésitation, elle a commencé de gravir l'échelle.

« Attendez », j'ai dit. « Laissez-moi faire. »

« Ne soyez pas ridicule », elle m'a répondu avec un sourire.

L'échelle fixée à des rails à ses deux extrémités était parfaitement sûre. Néanmoins, je l'ai tenue à deux mains, pour cette seule raison qu'on maintient instinctivement une échelle quand quelqu'un y monte. J'ai fait autre chose sans y penser, instinctivement. J'ai regardé. Ce que j'ai vu, je ne l'avais encore jamais vu sous cet angle précis. Ses fesses, deux miches de pain rond doré, le ravin époustouflant qui les séparait, et une touffe de poils comme des copeaux de cuivre.

Toute ma vie j'avais ruminé et réfléchi au manque de séduction déprimant de cet endroit, car je l'avais aperçu sous les robes de ma mère et de mes tantes, aussi inquiétant qu'un nid de souris, terne comme le contenu d'un sac d'aspirateur, obscène mais obligatoire, l'inévitable confrontation à laquelle tout homme devait, un jour ou l'autre, se soumettre. Pas étonnant que les femmes gardent ça caché. Pas étonnant que ce soit un péché de le regarder, un péché de le désirer, un péché encore plus grand d'y pénétrer à moins d'être marié.

Cela était pourtant sur l'échelle, à un mètre cinquante au-dessus de ma tête, nuage fauve flottant sous la tente de la jupe, illuminé, électrisé par les rayons de soleil qui filtraient à travers la vitrine. J'étais hypnotisé.

Alors j'ai entendu sa voix : « De ma vie, je n'ai jamais vu une expression aussi niaise. »

Elle baissait les yeux vers moi avec un sourire mortel. J'ai été submergé de honte et par une bouffée de panique. J'ai failli prendre mes jambes à mon cou, m'enfuir dans la rue. Quand elle est descendue de l'échelle, j'ai regardé ailleurs et reculé.

« Tenez. »

Je me suis tourné vers elle. Dorothy me tendait le crayon avec un regard dépourvu de colère, mais narquois.

« Dix cents », elle a dit.

Je lui ai donné une pièce et j'ai pris le crayon. Tremblant de tous mes membres, j'ai pivoté sur mes talons pour partir et heurté un présentoir de pinceaux. Quelques-uns sont tombés à terre. J'ai encore songé à m'enfuir. Immobile, elle me regardait.

J'ai bredouillé une excuse et me suis accroupi pour ramasser les pinceaux.

« Je m'en occupe », elle a dit. « Vous pouvez partir. »

Je suis sorti dans la rue d'un pas chancelant. C'était le moment de mourir, la fin de ma vie. J'ai descendu la Douzième Rue en cherchant un endroit où je pourrais m'allonger à l'écart pour ne plus jamais me relever. Un demi-bloc plus loin, j'ai trouvé une allée. Elle était abritée du soleil, ombreuse. J'ai trouvé une poubelle amicale, que j'ai saisie à deux mains, le regard perdu dans un fouillis de chiffons graisseux, bidons d'huile vides, pièces de machines, et j'ai voulu plonger dedans pour m'y cacher.

Pendant des semaines j'ai repensé à cette matinée, je craignais de passer devant la quincaillerie, l'épisode honteux me revenait en mémoire aux moments les plus incongrus, il incendiait alors ma conscience, je pressais mes tempes pour le contenir, j'avais honte de me regarder dans une glace, et je le sentais exploser le soir dans mon lit où je me tordais comme si une balle m'avait touché. J'ai fini par tout mettre sur le dos de Dorothy. Elle n'aurait jamais dû monter sur cette échelle. Elle aurait dû me laisser y monter à sa place. Elle avait fait exprès.

Je ne l'ai jamais revue avant de devenir l'ami de Kenny, avant qu'il ne m'invite à venir chez lui. Quand il m'a fait entrer dans le salon des Parrish, elle était là – vingt et un ans maintenant, belle comme un glacier, des cheveux blonds qui descendaient jusqu'à ses épaules. Assise dans un fauteuil en cuir, elle lisait à travers de grosses lunettes à monture noire. Trois ans s'étaient écoulés depuis le fiasco de la quincaillerie, et j'ai retenu mon souffle quand nous avons traversé le salon et que Kenny m'a présenté. Elle a jeté un regard par-dessus ses lunettes, fait « Salut », puis repris sa lecture. Alors j'ai respiré. Elle ne m'avait pas reconnu.

« Je reviens tout de suite », a dit Ken. Il a filé dans l'escalier. Je me suis assis sur le divan en ayant le sentiment que nous n'étions même pas seuls ensemble, car à proprement parler je n'existais pas dans cette pièce. Elle était installée près de la fenêtre, le soleil de l'après-midi filtrait par les rideaux qui ondulaient doucement. Ses jambes étaient repliées sous elle, ses genoux soyeux luisaient comme des globes d'or. Même quand elle a allumé une cigarette, ses yeux m'ont ignoré; et je ne m'en suis pas plaint, loin de là.

C'était une grande pièce avec des poutres apparentes et une cheminée si vaste qu'on pouvait s'y tenir debout. Les fauteuils et les divans étaient couverts d'un souple cuir vert. Des centaines de livres s'alignaient aux murs. Un phonographe jouait le *Boléro* de Ravel en sourdine.

« Ça vous dérange si je fume? »

Elle a saisi un paquet de cigarettes et me l'a lancé. Je l'ai adroitement attrapé d'une main en disant : « Merci, j'ai les miennes. »

Nouveau silence. J'ai allumé ma cigarette et me suis enfoncé dans le fauteuil confortable en soufflant la fumée vers les poutres du plafond.

« Sacré paquet de livres », j'ai dit.

Pas de réponse. Sa main a tourné la page de son livre. Je me suis levé pour examiner les étagères. Il y avait une majorité de livres neufs, ceux qu'on voyait dans la vitrine de la papeterie Martin : Hemingway, Caldwell, Bromfield, Waugh. La gamme de mes propres lectures correspondait strictement au style de Sainte-Catherine : *Quo Vadis*, *La Vie de sainte Thérèse*, *Ivanhoë, le Chasseur*, *Deux ans comme simple matelot*.

La mère de Ken était une femme élégante et boulotte, très mondaine, et son nom apparaissait toujours dans les journaux. Elle ne m'aimait pas, mais elle essayait. Chaque fois qu'elle me croisait dans sa maison, l'étonnement illuminait son regard, et elle ne parvenait jamais à se rappeler mon nom.

« Hello, Tony », elle me disait.

« Dominic. Dominic Molise. »

« Et quelle est cette chose que tu fais si bien, selon Ken? »

« Lancer une balle de base-ball. »

« Je vois. Eh bien, à chacun son talent, j'imagine. » Puis elle se tournait vers Kenny pour lui dire : « Je vous interdis, à toi et à Tony, de faire des bêtises pendant mon absence. » Elle montait ensuite dans sa voiture et s'en allait vers quelque importante réunion.

Je ne voyais pas beaucoup M. Parrish. Il avait

été un athlète exceptionnel à l'université, mais maintenant ses cheveux grisonnaient, il prenait de l'embonpoint, portait toujours le même costume en tweed, fumait cigarette sur cigarette, s'inquiétait pour ses affaires, écoutait régulièrement les nouvelles à la radio, détestait Roosevelt; les journaux de Denver gisaient toujours, froissés, autour de son fauteuil.

Kenny aimait bien venir à la maison. Tout y était décrépit, réduit à l'essentiel, mais il se sentait à l'aise chez moi, assis à côté de la fenêtre de la cuisine pour manger un plat de spaghetti ou boire un bol de minestrone avec du pain de fabrication maison. Ma mère était ravie quand il l'interrogeait à propos de sa cuisine. Il était fou de Grand-maman Bettina, qui l'accueillait avec méfiance, se renfrognait à la vue de ses belles chaussures, de son pantalon taillé sur mesure, de ses chandails en cachemire. Elle restait assise les bras croisés et le regardait manger, marmonnant des insultes en italien qui ravissaient Kenny, même s'il ne les comprenait pas.

« C'est quoi, ça? » demandait-il. « Kesk'elle dit? »

Alors je lui traduisais : « Elle dit que tu es le fils d'une putain qui s'est fait tringler d'ici à Palerme. »

« Formidable! » il s'écriait. « Magnifique! » Il bondissait de sa chaise pour jeter ses bras autour du cou de Grand-maman en essayant de l'embrasser, alors qu'elle-même tentait de le gifler avec ses petites mains avant de s'enfuir dans sa chambre.

***

Je somnolais à demi sur le banc du vestiaire en attendant Kenny. Il faisait bon dans cette pièce qui dégageait une odeur de vapeur, de sueur et d'antiseptique. Je sentais mon avenir vibrer autour de moi, la promesse de plaisirs futurs, les années excitantes qui m'attendaient. C'était toujours comme ça avec les grands hommes, un frémissement dans la moelle, une énergie mystérieuse qui les séparait du reste de l'humanité. Ils savaient! Ils étaient différents. Edison était sourd. Steinmetz, bossu. Babe Ruth orphelin, Ty Cobb un pauvre hère de la Georgie. Giannini était parti de rien. Les gens croyaient Henry Ford cinglé. Carnegie était un nabot comme moi. Tony Canzoneri sortait des taudis. De pauvres jeunes gens, touchés par la magie et la bonne étoile américaine. Grâce à Dieu, mon père avait eu assez de bon sens pour quitter Torricella Peligna! Nous vivions une sale époque, pas de doute, dans le creux de la vague de la dépression, mais quel avenir radieux attendait les garçons prédestinés par la gloire.

Kenny est arrivé vers quatre heures. Il portait une toque de fourrure et un manteau trois quarts en peau de mouton. Flambant neuf.

« Pas mal », j'ai dit en le regardant l'enlever.

« Tu le veux? » Il me l'a lancé. « Prends-le. Accepte mon cadeau. »

Je lui ai dit non merci, car il n'était pas sérieux; c'était seulement un de ses trucs pour faire passer le fait qu'il possédait tant de choses superflues.

Gêné, il a retiré ses chaussures et les a lancées contre les placards.

« Putain de neige », il a fait.

Il a enlevé son pantalon. Il avait les mêmes traits que sa sœur, les mêmes yeux gris, la même charpente. Ses jambes à la Dorothy, sa taille mince à la Dorothy me surprenaient toujours. Ses caleçons étaient délicats et frivoles, le genre de vêtement qu'on s'attend à trouver sur une fille, et j'ai pensé qu'ils condamnaient par avance son avenir d'homme de la première base. Aucun joueur qui se respectait n'oserait se pointer dans un vestiaire avec des caleçons pareils.

Il a mis son survêtement et ses chaussures, nous avons pris nos gants, nous sommes sortis sur la piste de bowling et avons commencé de nous lancer la balle sans parler, pour nous échauffer.

Par les petites fenêtres, on voyait la neige tomber dru. C'était déprimant. L'une de mes balles, basse et vicieuse, est passée sous son gant puis a rebondi sur le mur.

Écœuré, il ne s'est même pas retourné pour la ramasser.

« Merde », il a fait. « On arrête. »

« On vient à peine de commencer. »

Il a lancé son gant de l'autre côté de la piste, dans les vestiaires.

« C'est de la folie. Deux êtres humains intelligents qui se lancent une balle de base-ball dans le gymnase des Elks d'une ville minable du

Colorado, en plein hiver. Quelle connerie! »

« C'est mieux que d'traîner à rien faire. »

« Marre, mon pote. J'préfère me casser d'ce foutu village. Marre de me faire chier. »

On s'est déshabillés pour prendre une douche. Sous les jets d'eau chaude, je voyais la neige tomber dehors. Roper n'était qu'une modeste étape sur la route des Annales de la Gloire. Un homme peut supporter une crise temporaire s'il a foi en l'avenir.

Nous nous sommes séchés avec les épaisses serviettes pelucheuses de l'Elks Club. La nuit était tombée dans la rue. Nous entendions le cliquetis des chaînes de pneus, puis le carillon assourdi de l'horloge du tribunal a sonné cinq heures.

Je me suis allongé sur le dos en travers de la table de massage et j'ai tendu Le Bras en l'air. « Il a besoin de toi, Ken. Il implore ton toucher magique. »

« Okay, mon chou », il a dit en tapotant le biceps.

Il a versé de l'alcool dans la paume de sa main, l'a étalé sur Le Bras puis a commencé de le masser en partant du bout des doigts avant de remonter lentement, faisant pénétrer l'alcool dans les pores de la peau, caressant et malaxant les muscles jusqu'à ce que toute tension les ait quittés et que Le Bras soit parfaitement relâché, abandonné entre ses mains.

« C'est pas magnifique? » il a dit. « Ça ressemble à du cuir souple. »

Quand j'ai serré le poing, j'ai senti mon bras durcir comme du fer jusqu'à la clavicule. Je ne l avais jamais senti en meilleure forme. Nous étions seulement en février, mais Le Bras tenait déjà la forme de la mi-août.

Kenny l'a soulevé par le bout des doigts; il était lourd et mou comme un gros poisson. « Formidable », il a dit. « Une arme mortelle. »

Je me suis assis, ravi.

« Merci de t'être si bien occupé de lui. »

« C'est un vrai plaisir, Dom. Je t'envie. »

« J't'en prie. J'ai encore rien fait de valable. »

« Je suis qu'un pauvre crétin de lycéen amateur de base-ball. J'ai pas le moindre avenir. »

« Pareil pour moi. J'ai discuté avec mon paternel hier soir. Il veut faire de moi un poseur de briques. »

« Tu charries? »

« Il a tout réglé. Une fois le lycée terminé, je commence à apprendre le métier. »

« C'est pas possible d'être crétin à ce point! Je vais lui parler. »

« Il croit bien faire. Simplement cette pauvre cloche ne pige rien à rien. »

Il m'a saisi aux épaules. « Dom! Tirons-nous d'ici avant qu'il ne soit trop tard. »

« Pour aller où? »

« A Catalina, où sont les Cubs! »

« J'croyais que t'étais un fan des Yankees? »

« Ils sont en Floride. C'est trop loin, trop tard. Catalina est seulement à mille cinq cents miles. »

« Une fois là-bas, on fera quoi? »

« On essayera d'entrer dans l'équipe, connard. »

Ça m'a excité. « T'es sérieux? »
« Et comment! »
J'ai sauté de la table en me frottant les mains. J'ai marché de long en large, donné un coup de pied dans une serviette. « Oh, bon Dieu! » j'ai fait. « Moi dans l'équipe des Cubs! »
Il s'est mis à exécuter des bonds de cabri qui secouaient ses couilles. Puis il est allé chercher un paquet de cigarettes dans son vestiaire. Nous en avons allumé chacun une. Après deux ou trois bouffées, nous sommes devenus calmes et pensifs.
« J'voudrais te demander quelque chose », il a dit.
« Vas-y. »
« D'homme à homme. Et pas de mensonge. »
« Okay. »
« Me baratine pas, Dom. Bon Dieu, essaie pas de me rouler! C'est trop important. »
J'ai posé la main sur mon cœur.
« Tu as ma parole d'honneur. »
Il a hésité, écrasé sa cigarette. « Suis-je assez bon pour tenter ma chance avec les Chicago Cubs? »
Pfft! Sacrée question! Ses yeux affamés me suppliaient de ne pas me tromper de réponse. Une déception lui aurait brisé le cœur. Et signifié la fin de notre amitié. Je devais jouer le jeu, paraître sincère. J'ai marché jusqu'à mon vestiaire, enfilé mon caleçon, puis je suis allé me coiffer devant le miroir.
« Tu me tues, Dom. »
« Faut que tu me donnes un peu de temps pour réfléchir », je lui ai répondu. « J'ai peur

que ma réponse change le cours de ton existence. C'est une sacrée question. J'aurais préféré que tu me l'aies pas posée, je te jure. »

Un sourire amer a retroussé ses lèvres.

« C'est pas la peine de me répondre. Je sais déjà c'que tu vas me dire. » Il s'est penché en avant, les coudes sur les genoux, et a enfoui son visage entre ses mains.

« Pas de conclusion hâtive, Ken. Je réfléchis encore. »

« Vas-y, dis-le. Annonce-moi que je suis un amateur minable. » Il a ri, un gloussement forcé, puis d'une voix aigrie : « Tu te trompes peut-être, tu sais! J'suis encore jeune, en pleine croissance, j'ai des grandes mains, ma balle est longue. Bon Dieu, j'ai exactement autant de chances que toi! »

J'ai marché vers lui, posé les paumes de mes mains sur ses épaules, et souri. « Kenny, tu m'as posé une question. Je t'ai toujours pas répondu. »

« Alors réponds, nom de Dieu! Cesse de me torturer! »

« Ken Parrish, vous êtes le meilleur espoir de première base que j'aie jamais rencontré. En ce moment même, sur le terrain, je dirais que vous êtes digne du championnat. Dans trois, quatre ans, vous surpasserez Charlie Grimm, et peut-être votre idole Lou Gehrig. Pour ce qui est de la frappe, comment pourrais-je oublier vos trois coups au but contre Fort Collins? L'un d'eux a sans doute porté à cent vingt mètres. Ken Parrish, z'êtes prêt! Z'êtes digne de jouer en première division, dès maintenant. »

Un énorme soupir, puis il a tendu ses mains.
« Merci, Rital. »
On s'est serré la main.
« Je devais être sincère », j'ai expliqué. « Mais en même temps je voulais pas que ça te monte à la tête. »
« J'apprécie ta franchise. »
Maintenant, c'était mon tour.
« A moi de te poser une question. »
« Te gêne pas, vieux. »
« J'ai été sincère avec toi. Je veux que tu sois sincère avec moi. »
« Les vrais amis sont là pour ça. Quel est ton problème, Dom? »
« Même chose que toi : quelles sont mes chances avec les Chicago Cubs? »
Il a froncé les sourcils. « Ouah! Sacrée question. »
« Pas si tu es vraiment mon ami. »
« Faut que je réfléchisse. »
« Vas-y, prends ton temps. »
Ses doigts se sont refermés sur son menton et il s'est tu. Je l'ai regardé enfiler son caleçon, sa chemise, puis son pantalon. Il se concentrait en louchant vers le plafond. Il a mis ses chaussettes et ses chaussures, s'est approché du miroir, puis a noué sa cravate. Ensuite, il a mouillé et coiffé ses cheveux. S'il essayait de m'irriter, c'était raté, car je connaissais déjà la réponse. Malgré tout il prenait son temps; finalement, il a mis plus de temps que moi à répondre.
« Alors? » j'ai fait.
« Y a juste une chose qui m'embête. Tu mesures combien? »

« Ça n'a rien à voir avec ma question. »

« Regarde les choses en face », il a dit en haussant les épaules. « Les bons lanceurs sont grands et baraqués. »

Ça ne m'a pas ébranlé.

« Et toi, Parrish, tu mesures combien? »

« Un mètre quatre-vingts. »

Je me suis approché de lui en croisant les bras. « Et tu te crois bon à la batte? »

« J' suis le meilleur », il a répondu en souriant.

« C'est toi qui l'as dit. »

« Combien de mes balles as-tu réussi à frapper au cours des trois dernières années? »

« Un bon paquet », il a répondu sans se démonter. « Cinq ou six, peut-être. »

« T'es un sale putain de menteur! T'en as seulement frappé une que je t'ai envoyée, et en plus t'as eu le bol de la balancer vers la droite du terrain! » Je me suis encore approché pour quasiment coller mon épaule contre sa poitrine. « Tu sais comment je lance quand t'es en face de moi, Parrish? Je vise tes couilles, parce que t'as la trouille de la balle et que t'oses pas la frapper! »

Je l'ai coincé contre le mur.

« Attends une minute! » il m'a dit en me maintenant à bout de bras. « Tu m'as posé une question : si je pensais que t'étais prêt pour les Cubs. Tu veux entendre ma réponse, oui ou non? »

« Non. »

Il a haussé les épaules. « Comme tu voudras. »

Nous sommes restés silencieux. La vapeur

sifflait dans les tuyaux. J'ai rassemblé mes affaires et les ai entassées pêle-mêle dans mon vestiaire. Il a enfilé son manteau neuf et ajusté sa toque de fourrure devant le miroir. Puis il s'est préparé à partir. Je ne voulais pas que ça se termine ainsi. Nous avions trop de choses en commun, trop de souvenirs de bons moments partagés.

« Une minute », j'ai dit.

Il s'est arrêté, est revenu sur ses pas.

« Je n'ai pas de rancune », j'ai dit.

« Pourquoi en aurais-tu ? » il m'a demandé en souriant. « Tu es le meilleur espoir gaucher de toute l'Amérique. »

« Pourquoi ne l'as-tu pas dit plus tôt ? »

« Je voulais te mettre à l'épreuve. Le signe distinctif du grand lanceur est le désir. Et la confiance. Tu possèdes les deux, Dom. »

Je lui ai tendu la main.

« Merci, Ken. »

On s'est serré la main. Il a retourné la paume de ma main vers le plafond. « Les doigts d'un artiste », il a dit. « Tout aussi précieux que ceux de Yehudi Menuhin. Quand je pense qu'ils vont poser des briques, le sang se fige dans mes veines. »

J'ai regardé mes dix doigts, courts, épais, puissants, comme avaient dû être ceux de mon père avant que les briques et les outils de maçon ne les tordent comme des moignons de racine ou des griffes d'ours. J'en ai frémi. J'ai flanqué un coup de pied dans les armoires.

« Je ne poserai *jamais* de briques ! » j'ai juré. « Que Dieu me foudroie sur place si je touche jamais à une truelle. »

« Catalina! » s'est écrié Ken d'une voix extasiée. « Des palmiers le long de l'océan Pacifique bleu! Un ciel limpide éclaboussé de soleil, les chaudes nuits tropicales! Finie la neige! Une petite île paradisiaque où l'on passe son temps à jouer au base-ball et à manger de la bonne nourriture dans un hôtel douillet. »

« Je t'écoute. »

« Tu imagines! Dire que nous sommes ici, dans ce vieux sous-sol pourri, enterrés vivants dans une tempête de neige. Bon Dieu, Dominic! Catalina est juste de l'autre côté des montagnes, à mille cinq cents miles – une peccadille! »

Alors ça a explosé en moi : « Allons-y, Kenny! Tirons-nous d'ici avant d'y laisser notre peau! »

« Tope là. »

Nous nous sommes encore serré la main.

« Quand? »

« Demain », il a dit. « Nous prendrons un bus et serons là-bas dans deux jours. »

Ça m'a refroidi. Il y avait des problèmes.

« Combien ça coûtera? »

Selon lui, cinquante dollars chacun, en attendant de signer nos contrats. J'ai grogné. Tous les meubles de notre maison, y compris le poêle de la cuisine, ne valaient pas cinquante dollars. Je me suis rappelé la mâchoire tombante de mon père quand il a compté nos dettes – le loyer, l'électricité, le laitier, l'épicier, le charbon, le médecin, le bois de construction. Nous étions si pauvres que même les sœurs déshéritées de Sainte-Catherine nous acceptaient gratuitement.

Et il y avait Kenny avec son manteau neuf, ses chaussures anglaises et sa toque de fourrure, qui parlait de cinquante dollars comme de cinquante cents, et ça m'a fait gueuler, et voilà ce que j'ai dit :

« Pourquoi ta sœur Dorothy ne me parle-t-elle jamais? Pourquoi est-elle si snob? Que lui ai-je donc fait? Elle me prend pour un clodo ou quoi? Elle me tourne le dos chaque fois qu'elle me voit. C'est insultant! »

Ken en est resté bouche bée.

« Qu'est-ce que Dorothy vient faire là-dedans? »

« Plein de choses! » j'ai dit en arpentant le vestiaire, décochant des coups de pied dans les serviettes mouillées, faisant claquer les portes des armoires. « Plein de choses, oui. T'es pas d'accord? Tu veux la défendre? Okay. Alors va te faire foutre, toi et ton gros cul de mère et ton pataud de père, et ta grosse maison et tes domestiques, tes voitures et ton fric. »

Un silence a suivi; j'étais malade, honteux, terrifié de m'être abandonné à cette rage de chien fou.

Il s'est assis, a croisé les mains en regardant le sol. « Ben dis donc », il a fait. Alors il s'est écarté de moi, éloigné de plus en plus, et j'ai craché de honte. Quelle abomination j'avais donc lâchée, comme le pus qui gicle d'une ampoule. Dorothy Parrish avait toujours été le mystère même, un être paisible qui m'emplissait d'un doux désir, une fille adorable assise dans un fauteuil, en train de lire un livre par un après-midi d'été pendant que le soleil jouait dans ses cheveux, bref un rêve.

Maintenant il ne restait plus rien entre nous. Même Catalina ne valait plus tripette. Nous étions devenus étrangers. Notre amitié était peut-être bousillée, nous étions sans doute ennemis. Quand nous avons gravi les marches vers les ténèbres de la rue, j'ai été certain que nous venions de nous entraîner pour la dernière fois dans le gymnase des Elks.

Il neigeait si dru que nous ne voyions même pas le tribunal de l'autre côté de la rue. Les voitures avançaient lugubrement; la lumière de leurs phares était blême, fantomatique. Nous avons marché péniblement jusqu'à l'arrêt de bus de Pearl Street, à côté de la buvette de pop-corn brouillée par la neige. D'habitude j'attendais que son bus arrive et nous parlions de notre prochain rendez-vous. Mais maintenant il s'écartait pour s'appuyer contre le mur de la banque, les mains dans les poches de son manteau en peau de mouton, scrutant la rue en guettant l'approche de son bus tandis que les flocons de neige blanchissaient son manteau. Enfin les yeux blancs du bus ont jailli des ténèbres. Il s'est avancé vers la chaussée.

« Bon », il a dit en souriant. « Calme-toi, le Rital. »

Ça m'a mis en rogne. Je l'ai saisi à la gorge.

« Ne m'appelle plus jamais comme ça! »

L'étonnement a écarquillé ses yeux. Je l'ai lâché, il s'est retourné, puis est monté dans le bus, lequel s'est éloigné dans la tempête en laissant derrière lui une forte odeur d'essence. J'ai enfoui mes mains dans mes poches, puis remonté Pearl Street en pataugeant dans la neige fondue de cette absurde tempête. Tout compte fait, la neige avait du bon. Elle vous isolait des autres, elle cachait vos taches de rousseur, vos oreilles en feuille de chou, votre taille misérable, et vous croisiez d'autres fantômes dans la ville désolée, têtes baissées, yeux invisibles, votre culpabilité et votre inutilité profondément enfouies, protégées.

III

Le dîner était prêt, la table mise dans le salon. Nous attendions tandis que Grand-maman regardait la rue par la fenêtre de devant.

« Il va venir », a dit Mama. « Il sait qu'il y a de l'agneau ce soir. »

Elle semblait presque joyeuse avec ses cheveux coiffés en natte et remontés sur sa tête, une robe d'intérieur propre, un parfum de lilas dans son sillage – et trop de talc.

A sept heures nous avons compris qu'il ne viendrait pas et nous sommes assis pour manger le minestrone, l'agneau fourré aux raisins et au riz, les poivrons à l'huile d'olive et à l'ail, et la gelée.

Mama a refusé de dîner. Elle s'est levée de table, puis nous l'avons entendue laver ses casseroles dans la cuisine. Il y avait maintenant deux places vides à table, et la carafe de vin à côté de la serviette de Papa.

« J'vais appeler la police », a dit Clara.

« Pourquoi? »

« Pour lui donner une bonne leçon. »

En toutes circonstances, Clara était l'alliée

loyale de Mama. A treize ans, elle était soudain devenue hostile et impertinente, revendiquant une chambre pour elle seule au lieu de partager celle de devant avec Frederick et de dormir sur le divan de cuir inusable.

« Traîner dans cette ignoble salle de billard! » elle s'est écriée. « Je ne laisserais pas mon mari me négliger de la sorte. »

« Du calme », j'ai dit en réfléchissant à Kenny, sachant que j'avais perdu mon meilleur ami.

« Je veux pas me calmer. Tu te rends compte de rien! Tu es un homme, comme ton père. C'est toujours comme ça, les hommes contre les femmes. »

« Qu'attendre d'autre de l'Amérique? » a grommelé Grand-maman. « Des cartes et des salles de billard, du whisky et des femmes! Rendez-moi la douce pauvreté du Christ et le bon vieux temps. Au moins les villes étaient petites, les hommes ne pouvaient pas partir au diable vauvert, la faim les ramenait toujours au foyer. »

Nous avons porté nos assiettes dans la cuisine et commencé nos devoirs pendant que Mama et Clara faisaient la vaisselle. Mon père s'absentait souvent de la maison, mais ce soir quelque chose clochait. Ça se sentait dans l'air que nous respirions.

« Non, Mama », a dit Clara. Alors nous avons levé les yeux de nos livres pour voir notre mère qui pleurait doucement. Elle a essuyé ses mains rougies, puis a traversé le salon en courant pour rejoindre sa chambre.

Clara a terminé la vaisselle, puis posé ses livres sur la table. Malheureux, nous avions toutes les peines du monde à nous concentrer sur notre travail. Nous n'entendions pas Mama pleurer, mais même la maison avait conscience de ses larmes, les planchers foulés par ses pieds, le modeste mobilier, le vieux poêle amical, la batterie de cuisine, le torchon à vaisselle près de l'évier, avec lequel elle avait essuyé ses mains.

« Va voir ta mère », a dit Grand-maman.

Allongée, la tête sur l'oreiller, elle regardait le plafond et ses yeux ressemblaient à des oiseaux humides. Je me suis assis près d'elle, j'ai saisi sa main froide, impalpable, et je lui ai demandé si je pouvais faire quelque chose.

« Il a menti », elle a dit avec amertume. « Il a toujours menti. Et maintenant c'est trop tard. »

Elle s'est assise pour se moucher.

A l'autre bout de la pièce, sous la commode, j'ai vu les chaussures de travail de mon père, inutilisées depuis des mois, ratatinées, déformées, blanchies par le mortier, la pointe relevée comme les chaussures d'un mort.

« Je ne lui reproche plus rien », elle a dit en se regardant dans le miroir. « Je suis vieille, inutile. Je n'ai jamais été bonne à grand-chose. Pas étonnant que je l'aie épousé! Il n'y avait personne d'autre. »

« Mais non, tu es belle, et nous avons besoin de toi. »

Je n'ai rien trouvé de mieux, mais c'était la vérité. Je n'aurais surtout pas voulu qu'elle change. Elle n'était pas une beauté, mais elle était belle, une mater dolorosa, comme la mère de Dieu.

Des images pieuses nous regardaient sur les murs, la Madone à la tête du lit, le Sauveur exhibant son cœur sanglant sur le mur voisin, une statue de saint Antoine sur la commode, sainte Thérèse à l'autre bout de la chambre qui évoquait une cellule de nonne, et une fois de plus je me suis demandé comment ils pouvaient faire l'amour dans une pièce pareille; pourtant, nous avions tous les quatre été conçus ici même, sur ce lit.

« Il ne s'est jamais intéressé à moi », elle a dit avec amertume. « En fait, il voulait épouser ta tante Flora, mais elle ne le supportait pas. Quand il lui a donné la bague, elle a refusé de la passer à son doigt, elle l'a jetée dans le lavabo en riant, alors il me l'a donnée à moi pour la faire enrager. Voilà comment j'ai épousé ton père. »

« Tu ne l'aimais pas? »

« J'avais pitié de lui, si tu veux savoir. »

Je ne pouvais plus supporter le spectacle des chaussures recroquevillées sous la commode, pâles, lumineuses, grotesques. Je me suis levé pour les jeter dans le placard avec un bruit sonore.

« Il aime qu'elles soient sous la commode », elle a dit.

« Elles me donnent la chair de poule. »

« Et quand nous nous sommes mariés, il m'a parlé de notre merveilleuse maison de Roper. Une maison pour moi! » Elle souriait en se rappelant ces événements. « Tu ne sais pas ce que ça représente pour une femme. Dans la forêt, il me disait, à côté d'un petit torrent, l'endroit idéal pour élever des enfants. Dans le train de Denver, il a prétendu avoir perdu les billets, le contrôleur a pris son mal en patience, alors il a dit qu'il avait aussi perdu son portefeuille. J'avais tellement pitié de lui parce qu'il avait ce drôle d'accent italien et que le contrôleur ne comprenait pas un traître mot, si bien que j'ai moi-même payé les billets. On m'a volé, il disait, quelqu'un m'a volé neuf cents dollars. Le pauvre. Il m'a épousée sans avoir un sou, même pas un dollar pour le prêtre. »

Elle regardait fixement l'endroit vide où avaient été les chaussures; bientôt, elle s'est levée du lit, a traversé la chambre jusqu'au placard, en a sorti les chaussures fantomatiques et les a remises sous la commode. Dans le miroir elle a observé ses cheveux en désordre, puis commencé de retirer ses épingles qu'elle coinçait à mesure entre ses lèvres tout en parlant :

« Alors j'ai vu ma maison, ma merveilleuse maison dans la forêt. » Ses yeux ont parcouru la chambre, son sourire s'est teinté d'ironie. « Tu trouves cette maison froide et délabrée? Tu aurais dû voir celle de Roper Creek! Une cabane à côté de l'ancienne décharge municipale. Des murs en vieilles planches, un toit de tôle ondulée. Pas d'eau, pas d'évier, pas de WC. Nous devions aller sous les arbres. Et le mobilier – des caisses pour s'asseoir, un matelas posé par terre, un fût d'essence en guise de poêle. Oh mon Dieu, comme il m'a menti! »

Ses cheveux sont tombés sur ses épaules, elle a passé ses doigts dedans en pleurant. « Et puis la vieille qui habitait la cabane voisine est venue réclamer son mobilier, parce qu'il lui avait tout emprunté – les caisses, le fût, le matelas, et je l'ai aidée à tout remettre chez elle, et il n'est plus rien resté, sinon le sol de terre battue. »

J'ai pensé que ç'avait dû être terrible pour elle, mais j'ai eu aussi pitié de mon père. Elle avait seulement été la victime, alors que lui avait été la victime et le traître.

« Pauvre gars », j'ai dit.

« Il a menti ! » elle a riposté.

« Il était pauvre, coincé. »

« C'était un menteur. »

« Il a menti par fierté. »

« Comment un menteur peut-il avoir de la fierté ? » Elle est allée vers la fenêtre, où le givre couvrait les vitres. Elle a saisi ses coudes en frissonnant, puis s'est retournée. « Je n'en veux plus à ton père. C'est à moi que j'en veux. Quand on accepte les mensonges d'un homme, on est aussi mauvaise que lui. On ment, exactement comme lui. »

Un klaxon a retenti dans la rue. Quand je suis arrivé à la porte d'entrée, Clara et mes frères étaient déjà là, les yeux fixés sur une voiture grise garée contre le trottoir. Ce ne pouvait être que Kenny dans la voiture de son père.

« Ouah ! » a dit Augie. « Une LaSalle flambant neuve. Visez un peu le long capot fuselé ! »

J'ai couru vers la voiture en manches de chemise. Kenny était au volant, et à côté de lui l'incroyable, la somptueuse Dorothy. Elle portait un manteau de vison avec une écharpe blanche enroulée autour du cou, ses cheveux de miel étaient cachés par le col relevé. Elle souriait en me regardant; mes yeux croisaient les siens pour la première fois. Je me suis senti flotter, décoller du sol, j'ai dû m'agripper à la voiture pour ne pas m'envoler; j'étais muet de stupéfaction.

« Salut », elle a dit en souriant.

Ce seul mot était plus éloquent que les œuvres complètes de Tennyson. Dieu, quel mot merveilleux! Dieu, quelle inspiration, quelle émotion! Quelle intelligence!

« Salut », j'ai répondu, mais aussitôt j'ai eu peur d'en avoir trop dit, peur de l'agacer d'un aussi long discours. Kenny m'observait. Il riait.

« Va chercher ton manteau, Dom. »

« D'ac. Pourquoi? »

« Un film avec Ginger Rogers à l'Apollo. Elle veut le voir. »

Était-ce bien réel? N'imaginais-je pas tout? Étais-je devenu fou à lier, sorti dans la rue en courant, en proie à une hallucination? J'ai regardé le visage rayonnant devant moi, les vastes yeux gris, la bouche ravissante d'où jaillissaient d'espiègles petits filets de vapeur.

« Venez, s'il vous plaît », a dit la bouche.

Sublime. Bien meilleur que Shakespeare. J'ai failli m'évanouir. Les effluves capiteux de son parfum s'échappaient de la voiture et m'enveloppaient comme dans un nuage rose; je suis retourné d'un pas chancelant vers la maison, ensorcelé, les jambes coupées, zombie hagard obéissant aveuglément aux pulsations de son cœur.

« Qui sont-ils? » a demandé Grand-maman. « Que veulent-ils? »

« C'est Kenny », j'ai dit en passant devant eux.

« La voiture la plus nerveuse de tous les temps », a dit Augie.

« Ressemble à un corbillard », a dit Bettina. « Où t'emmènent-ils, au cimetière? »

Je les ai écartés de la porte pour la fermer. « Animaux », j'ai dit.

Pendant que je changeais de chemise, Augie m'a apporté son manteau de laine – son plus beau vêtement. J'ai essayé de me coiffer devant le miroir, mais je tremblais tant que je n'ai pas réussi à tracer une raie droite dans mes cheveux; progressivement j'ai eu le sentiment de perdre conscience, je ne parvenais même plus à envisager une proximité avec Dorothy, à partager le siège de voiture avec elle, et l'engourdissement m'a paralysé. Je me suis effondré sur le lit, mains pendantes entre les genoux; j'ai cru me métamorphoser en bœuf, en un épais quadrupède. J'ai presque senti mes oreilles grandir, le poil animal envahir mon visage. A quoi bon? La soirée me réservait peut-être des merveilles, mais je savais d'avance que j'allais tout bousiller. Que dirais-je quand ces froids yeux gris me jaugeraient? Et si elle m'embrassait? J'en tomberais raide mort.

Dans la rue, le klaxon de la LaSalle a retenti. Frederick s'est rué dans la chambre.

« Grouille-toi ! Ils t'attendent ! »

« J'me sens pas bien. »

Augie m'a secoué et remis sur pied. Il a été chercher la bouteille de Sloan dans la commode et en a retiré le bouchon.

« Vas-y. »

« Je vais empester. »

« Respire seulement, jusqu'à ce que tu sentes tes forces revenir. »

Il a tendu la bouteille sous mon nez et j'ai inhalé profondément. Ça m'a réconforté. Mes os se sont remis en place, mes muscles bandés, le parfum violent m'a enveloppé comme une flamme brûlante ; plein de courage, je me suis redressé et les larmes ruisselaient de mes yeux tandis que l'onguent faisait palpiter les poils de mes narines.

Alors je me suis rappelé qui j'étais – certainement pas un quelconque bon à rien, mais Le Bras, l'homme-miracle, l'homme-je-dois, l'homme-je-l'ai, non pas l'homme-hé-p'tit, mais l'homme-aux-balles-slicées, l'homme providentiel, Monsieur Annales de la Gloire.

Augie m'a présenté son manteau de laine, j'ai glissé mes bras dans les manches. J'avais retrouvé mon calme. Je suis entré dans la pièce de devant, passé devant la modeste foule réunie à la porte et suis sorti vers la voiture. La portière avant s'est ouverte, je suis monté et me suis glissé sur la banquette à côté du rêve. Ken a touché le démarreur. Il y a eu un bruit de glace brisée quand la voiture a roulé dans la rue.

Le miracle. Toutes ces heures à penser à elle, toutes ces rêveries impossibles, absurdes, et soudain elle était à côté de moi, sainte et dorée. La voiture était chaude et confortable; son parfum capiteux me ravissait. Elle a légèrement bougé, et j'ai goûté le plaisir fortuit de son genou contre le mien. Comme un baiser. L'avenir était inimaginable, insondable. Peut-être même qu'elle me parlerait.

Il y avait une épaisse couche de neige sur la chaussée verglacée et Ken conduisait très prudemment, à trente à l'heure. Les ormes d'Arapahoe semblaient couverts d'une dentelle givrée. Les lampadaires donnaient à la neige une chaleur scintillante, les monticules blancs et sensuels évoquaient des miches de pain. Il n'y avait pas un chat dans les rues; nous croisions de temps à autre une voiture, qui flottait comme au ralenti.

Nous avons quitté Arapahoe pour bifurquer vers le nord dans la Douzième Rue en direction du centre-ville. Elle n'avait pas dit un mot, elle semblait heureuse de regarder devant elle la rue où nous roulions. Quand elle a allumé une cigarette avec l'allume-cigare du tableau de bord, une bulle paresseuse de fumée enchantée s'est échappée de la chaleur intime de sa bouche. Sa fumée. Autre. Enivrante.

Kenny lui a parlé. « Souviens-toi. Tu as promis de bien te tenir. » Puis, à moi : « Je lui ai répété ce que tu m'as dit cet après-midi. »

L'idiot. Ça m'a gêné.

« Tu parles trop », j'ai dit.

Sa main a saisi la mienne.

« Tout à fait d'accord », elle a dit.

Je sentais la douce chaleur de son gant noir qui serrait ma main. « Excusez mon impolitesse », elle a ajouté. « Simplement, Ken et vous parlez tout le temps de base-ball. »

« Vous n'aimez pas le base-ball? »

« Je peux m'en passer. »

« Alors qu'aimez-vous? »

« Le tennis, le ski, les livres. J'aime beaucoup James Joyce. »

« Vous voulez dire Jim Joyce, le milieu de terrain des Browns de Saint Louis? »

« Oh, mon Dieu! »

Elle a poussé un soupir en écrasant sa cigarette d'une main impatiente. Kenny rigolait.

« Elle parle de James Joyce, l'écrivain. »

Moi et ma grande gueule. Je n'avais jamais entendu parler de lui. Elle s'est raidie, croisant les bras et regardant droit devant elle.

« Ah oui, l'écrivain! » j'ai dit en essayant de masquer mon ignorance, mais c'était peine perdue : je savais qu'elle me considérait désormais comme un crétin. J'ai regardé son visage, la mâchoire crispée, les dents serrées. J'aurais volontiers sauté en marche, quitte à passer sous les roues de la voiture. Elle refusait de m'adresser de nouveau la parole.

« Tu vois après quoi tu languis? » a dit Ken. « La pure salope telle qu'on n'en fait plus. »

Il s'est garé contre le trottoir en face de l'Apollo. Je suis sorti en vitesse, ventre à terre, puis me suis rappelé que je devais lui tendre la main pour l'aider à descendre, mais elle a fait comme si je n'étais pas là, passant devant moi sans un regard, serrant sa fourrure autour de son corps, puis elle s'est hâtée vers le cinéma, Ken marchant derrière elle.

Glacé, nauséeux, incapable de bouger, je suis resté figé sur le trottoir. La barrière métallique du tribunal était seulement à quelques pas, et, au-delà, des massifs de lilas couverts de neige. J'ai songé à sauter la barrière pour m'éloigner, jusqu'au Wyoming. J'étais dans le mauvais Etat, avec la mauvaise fille, j'avais peur d'elle, peur de respirer en sa présence. Mais il y avait une autre échappatoire. Je pouvais courir jusqu'à la voie de chemin de fer et me jeter sous le train de huit heures en provenance de Greeley, me ruer vers le chasse-corps de la locomotive, poitrine enfoncée, crâne éclaté, du sang partout, un jeune de Roper se suicide, ses parents identifient le corps de Dominic Molise, le célèbre athlète.

« Hé, magne-toi! »

Kenny me faisait signe devant le cinéma. J'ai traversé la rue. Debout sous l'auvent, Dorothy frappait ses chaussures contre le sol. Comme de bien entendu, je n'avais pas un sou, et Kenny a acheté les billets. Elle m'a brièvement regardé, froide comme une étoile, pendant que Kenny s'éloignait de la caisse, puis nous sommes entrés.

La salle était presque vide, il y avait peut-être vingt spectateurs. Un film d'actualités montrait le Président Hoover jouant au golf. Une demi-douzaine d'hommes l'ont sifflé. Nous nous sommes assis au dernier rang des loges, où l'on avait le droit de fumer. Dorothy était entre nous. Elle a jeté sa fourrure en arrière et j'ai essayé de l'aider, mais elle s'est débrouillée toute seule, le visage fermé comme pour repousser mes avances. Une odeur étourdissante a envahi l'air, dégagée par son manteau ouvert. Je l'ai humée à pleins poumons, puis j'ai poussé un soupir. Elle a glissé une cigarette entre ses lèvres, et attendu que Ken ou moi l'allume. J'ai fouillé dans mes poches comme un fou, et je me contorsionnais encore sur mon fauteuil quand Ken a allumé sa Camel. Elle a rejeté la fumée, s'est enfoncée dans son fauteuil en attendant la fin des actualités.

Alors le premier des deux films a commencé. C'était Tom Mix dans *l'Homme de Nogales.*

« Oh, merde », elle a chuchoté en découvrant qu'elle devrait attendre la fin de ce film pour voir Ginger Rogers dans *Dancing Daughters.*

D'emblée le western lui a cassé les pieds. Tom Mix et Tony l'énervaient. Pendant dix minutes elle a remué sans arrêt, croisant et décroisant les jambes, tandis que les coups de feu incendiaient l'écran.

Brusquement elle a dit : « Je ne supporte plus ça », pris son manteau et remonté l'allée. Stupéfait, je me suis retourné et l'ai vue quitter la salle.

« Keski s'passe? »

Ken s'est encore enfoncé dans son fauteuil.

« Elle aime pas les films de cowboys. »

« On ferait peut-être mieux de partir aussi. »

« Moi je reste. J'adore Tom Mix. »

Je me suis levé pour remonter l'allée au pas de course. Quand je suis sorti dans la rue, elle se glissait derrière le volant de la LaSalle. Je l'ai appelée, elle m'a vue et a fait démarrer la voiture. J'ai traversé la rue en courant tandis que la voiture s'ébranlait en écrasant la neige.

« Attendez. »

La voiture s'est arrêtée et les yeux gris, presque solennels maintenant, se sont tournés vers moi.

« Qu'y a-t-il? »

« Ne partez pas. Restez. »

Elle a haussé une épaule.

« C'est tellement enfantin, toutes ces bagarres. »

Le vent nocturne agitait ses cheveux et faisait battre son écharpe blanche contre ses gants noirs. Son haleine s'échappait comme une fleur dans l'air froid. J'aurais pu la regarder éternellement.

« Il fait tellement froid », elle a dit en frissonnant. « Pourquoi n'allez-vous pas retrouver Ken et le film? »

Je ne pouvais pas la quitter. Peut-être n'aurais-je plus jamais l'occasion de me trouver seul avec elle. Avec une fille comme Dorothy, un homme a un nombre de chances limité.

« Je dois vous parler », j'ai répondu. « C'est très important. »

« Une autre fois. »

« Je suis désespéré, Dorothy. Aidez-moi. J'ai besoin de vos conseils. J'en ai terriblement besoin. »

Elle a haussé les sourcils.

« Désespéré? » Elle était amusée. « Comment pourrais-je vous donner le moindre conseil? »

« Je sais que vous le pouvez. »

« Mais comment, pour l'amour du Ciel? »

« Simplement en m'écoutant. Vous êtes diplômée en psychologie, n'est-ce pas? »

Elle a réfléchi soigneusement.

« Montez », elle a dit sans enthousiasme.

J'ai contourné la voiture au pas de course, puis me suis assis à côté d'elle. Elle a embrayé, la voiture s'est mise à rouler doucement dans la rue. Enfin nous étions seuls, Dorothy Parrish et Dominic Molise. C'était l'apogée de mon existence.

Elle conduisait lentement, sans parler, comme pour me donner le temps de rassembler mes pensées. Sachant que je devais faire des prouesses, je me cassais la tête à la recherche de quelque chose de valable. Brusquement, ça m'est venu : la vision de la Vierge debout à côté de mon lit.

Nous remontions Pearl Street. Les vitrines des magasins étaient illuminées, mais la rue déserte. Vers l'ouest, un cumulus semblait posé comme un cygne sur le mont Flagstaff. Elle s'est engagée dans Walnut et nous sommes passés devant les néons criards de l'*Onyx*. Il y avait des gens au bar, le juke-box hurlait jusque dans la rue.

« Alors, jeune homme. Quel est votre problème? »

« Un rêve que j'ai fait. Et qui m'obsède. »

Quand elle a tourné la tête vers moi, j'ai lu de la gêne et de l'inquiétude dans son regard.

« Je ne suis peut-être pas l'interlocuteur adéquat. Les rêves sont une chose tellement personnelle. Vous devriez plutôt consulter un psychiatre. »

« C'est pas si grave. Je veux dire, mon rêve n'est pas un péché ni rien de tel. »

« Vous êtes sûr? »

« Bien sûr que je suis sûr. Il se trouve que j'ai rêvé de la Vierge Marie. »

« Je ne sais rien d'elle. Pourquoi ne pas vous confier à un prêtre? »

Je lui ai décrit la mystérieuse visitation, lui ai dit que j'avais réveillé Augie, mais qu'il n'avait rien vu. Pendant que je parlais, nous sillonnions la ville en tous sens, passant devant les tables de pique-nique, remontant Chautauqua, contournant le campus de l'université, douillettement installés dans la voiture bien chauffée grâce au ventilateur qui bourdonnait sous le tableau de bord.

Quand elle a fait glisser les manches de son manteau de fourrure, je l'ai aidée et elle m'a remercié tandis qu'il tombait de ses épaules, nid de vison doublé de soie dorée. En dessous, elle portait un chandail à col roulé et une jupe de laine verte qui dévoilait des genoux ronds et lisses.

Je n'osais pas l'examiner de trop près pendant que je lui parlais. Chaque détail provoquait une petite explosion en moi – la courbe de son coude, la perfection ciselée de ses narines, la lourde langueur de sa chevelure, le parfait bijou de son bracelet-montre, le rouge à lèvres sur sa cigarette, son ventre concave, la douceur de ses cuisses, sa fière poitrine qui semblait cingler vaillamment devant elle, et oscillait de vitalité.

Ma visitation la déconcertait et la fascinait,

mais elle m'a répété que c'était seulement un rêve. Les mots lascifs jaillissaient de sa bouche comme des bouffées de musique, et j'engrangeais soigneusement chaque syllabe dans l'entrepôt de mon esprit en me jurant de me les rappeler éternellement. Que Roper était beau maintenant! Que ses montagnes splendides étaient proches! Quelles rues enchanteresses, que de gens adorables autour d'âtres paisibles! Quelle chance d'être vivant et comme l'avenir était excitant!

Ce face à face incroyable, ces instants parfaits, tout cela cognait contre ma taille et mes cuisses, retentissait comme une peau de tambour tendue à craquer; douloureux, torturant, le mal délicieux se répandait en moi.

Elle avait étudié les rêves, disait-elle sans se douter un instant de ce qui m'arrivait. « Un rêve ressemble à une balle de base-ball. Il faut en retirer le cuir, puis en défaire la corde avant de pénétrer jusqu'à son cœur. »

« Très bien », je lui ai répondu. « Faisons cela. Dépiautons-la. »

« Ça va prendre du temps. » Elle m'a regardé en souriant. « Vous n'avez rien de mieux à faire? »

« Oh, non. Prenez tout le temps que vous voudrez. Vous m'avez déjà beaucoup aidé. Je ne sais comment vous remercier. J'apprends des choses que j'ignorais totalement. Tout devient si clair quand vous l'expliquez. »

Mes paroles lui ont plu.

« Que diriez-vous d'une tasse de café? »

« Le café m'empêche de dormir », j'ai

répondu en sachant que je n'avais pas un sou.

« Justement, si vous voulez qu'on parle de votre rêve, ce n'est pas le moment de dormir. Nous pouvons aller prendre un café chez moi. »

« Bonne idée. »

Nous étions dans le quartier sud de la ville, près du champ de foire et du kiosque à musique. Elle a fait le tour de la place et nous sommes retournés vers le centre-ville. La peau de tambour de mes reins s'est encore tendue, des ondes de douleur se répandaient dans mon dos, descendaient dans mes jambes. Mon érection était un étendard palpitant, un sérieux problème. Quand nous arriverions devant chez elle et qu'elle me verrait debout dans la lumière, ce serait la fin de notre discussion.

Je lui ai demandé : « Pourriez-vous vous arrêter aux Elks? J'ai oublié un livre dans le gymnase. »

« Aucun problème. »

Nous sommes retournés vers le centre-ville.

« Quel âge avez-vous? » elle m'a demandé.

« Je suis assez vieux. L'âge importe peu. »

« Dix-sept ans est un âge important. Vous avez dix-sept ans, n'est-ce pas? »

« Presque dix-huit. »

Elle s'est garée contre le trottoir devant le Club des Elks.

« Au fait, quel âge avez-vous? »

« Vingt-trois ans. »

« Ce n'est pas trop vieux. »

« Trop vieux pour quoi? »

« Je veux dire, vous n'êtes pas une vieille femme. »

Elle a souri. « Je suis trop vieille pour vous. »

Je n'ai rien dit, mais je n'étais pas d'accord. Elle aurait pu avoir soixante-dix ans, que je m'en serais moqué. Quand elle en aurait quatre-vingts, j'en aurais soixante-quatorze, et quand elle en aurait cent j'en aurais quatre-vingt-quatorze, alors bon Dieu l'âge n'avait vraiment aucune importance.

Quand je suis sorti de la voiture, mes reins ont hurlé à l'aide, appelé au meurtre; je me suis redressé en sentant un resserrement d'écrous et de boulons. Heureusement, le manteau de mon frère tombait jusqu'à mes genoux, et j'ai réussi à descendre les marches couvertes de neige vers le gymnase.

A cause des tuyaux qui couraient au plafond, il faisait très chaud dans le sous-sol obscur. J'ai rejoint mon vestiaire, enlevé mon pantalon et enfilé un suspensoir. Puis j'ai remis mon pantalon et me suis campé devant le miroir. Le suspensoir faisait son office : il cachait tout ce qui aurait pu être gênant. Ma technique n'avait rien d'original. Je n'étais pas le premier à l'utiliser.

Quand je suis retourné à la voiture, elle a remarqué mes mains vides. « Impossible de le trouver », j'ai dit.

Elle m'a emmené jusqu'à la villa des Parrish, où elle a arrêté la voiture dans le garage à côté de la Buick de sa mère. J'ai pris son manteau avant de suivre Dorothy sur les marches du porche de service. Elle a ouvert la porte et allumé la lumière. Nous étions dans la cuisine.

Vaste pièce. Cuisinière et réfrigérateur émaillés blancs, abondante batterie de cuisine en cuivre pendue aux poutres basses, carrelage rouge étincelant. Il y avait aussi une grande table en chêne entourée de chaises confortables. Au milieu trônait un compotier qui contenait des pommes et des oranges.

Elle m'a débarrassé de son manteau de fourrure, qu'elle a lancé sur le dossier d'une chaise, puis m'a dit de me mettre à l'aise. J'ai enlevé mon manteau et me suis assis en la regardant aller et venir sur les carreaux brillants pour préparer du café.

« Et si nous reprenions tout depuis le début? » elle a proposé. « Racontez-moi encore ce qui s'est passé. »

Je parlais en la dévorant des yeux. Sous la jupe verte, son beau cul avait la fermeté d'un ballon de basket. Quelle grâce! Elle métamorphosait en ballet les tâches ménagères. Je n'avais jamais remarqué qu'ouvrir un tiroir pût être si beau. Quand elle a pris le pot de crème pour le poser sur la table, la pression dans le suspensoir m'a fait penser à une bombe à retardement.

« Vous avez faim? » elle m'a demandé.

« Un peu. »

« Voulez-vous des œufs brouillés? »

« Volontiers. Je peux vous aider? »

« Si vous voulez. »

J'ai regardé mes mains. Un peu d'eau et de

savon n'aurait pas été superflu. De la tête, elle m'a indiqué la porte. « La salle de bains est de l'autre côté. »

La porte donnait dans une buanderie au bout de laquelle se trouvait un lavabo. Je me suis lavé, essuyé les mains, puis je suis retourné vers la cuisine. Une corde à linge installée le long du mur a attiré mon attention. Une douzaine de petites culottes y étaient suspendues comme une file de gamines espiègles. Certaines étaient bleues, d'autres roses, d'autres encore blanches ou dorées. Elles étaient trop magnifiquement menues pour appartenir à Mme Parrish. Elles pouvaient seulement embellir la gloire de ma vie, être les soies sacrées de ma bien-aimée. Nom de Dieu! J'allais me rassasier d'elle ce soir! J'ai longé la corde en frottant mon visage contre chaque culotte. Elles caressaient mes narines, ébouriffaient mes cheveux. Elles étaient douze. Si nombreuses, alors que je n'en possédais aucune, pas le moindre trophée à conserver en souvenir de cette inoubliable soirée. La culotte dorée a attiré mon œil. De petits disques métalliques noirs pendaient aux coutures, elle était lisse comme une plume, douce comme un loriot. Une pour moi, onze pour Dorothy; le partage était plus qu'équitable. J'ai enlevé les pinces à linge et glissé la culotte sous ma chemise. Je l'ai sentie respirer contre ma chair, confortablement recroquevillée.

Ensuite je suis retourné dans la cuisine. Debout devant le plan de travail, Dorothy cassait des œufs au-dessus d'un bol. A la seule vue de ces objets ovales qui se fendaient entre ses doigts blancs avant de répandre leur contenu doré, j'ai ressenti en moi une série de petites explosions. Mes mollets se sont mis à trembler quand elle les a battus avec une fourchette et qu'ils sont devenus jaunes comme ses cheveux. Quand elle a versé un peu de crème dans le bol, la consistance soyeuse du filet liquide m'a fait défaillir. Je voulais lui dire « Dorothy Parrish, je vous aime », je voulais la prendre dans mes bras, lever le bol d'œufs brouillés au-dessus de nos têtes et le renverser sur nos corps, rouler sur le carrelage rouge avec elle, barbouillés par la conquête des œufs, me tordre avec elle dans le jaune de l'amour.

Je m'occupais des toasts, qu'elle beurrait pendant que nous parlions de sujets anodins comme le temps, les derniers films ou l'actuelle épidémie de grippe. Nous nous sommes assis à la table ronde pour manger les œufs avec les toasts et boire le café.

Elle dévorait avec un appétit féroce, et j'enviais chaque bouchée qui passait entre ses lèvres. J'écoutais ses dents s'enfoncer dans les toasts, sa déglutition quand elle avalait une gorgée de café; j'ai même cru discerner un ravissant gargouillis quelque part dans ses intestins merveilleux, un gémissement limpide, une note de pure musique.

Ma vision ne l'a menée nulle part, et j'ai compris qu'elle essayait d'en tirer des éléments qui lui étaient totalement étrangers. Elle frimait un peu aussi, prononçant des mots comme la libido ou le ça. Quand ses yeux ont remarqué mes ongles, elle a saisi ma main pour examiner de plus près leurs extrémités déchiquetées.

« Depuis quand vous rongez-vous les ongles? »

« Je l'ai toujours fait. »

« Ne vous inquiétez pas pour ça. Selon une théorie nouvelle, se ronger les ongles constitue un excellent dérivatif à un excès de tension. Je suis d'accord avec Voellerts. Cela vous est probablement bénéfique. »

« Parfait, tant mieux. Ça m'inquiétait depuis des années. Maintenant, je me sens nettement mieux. »

Ça lui a fait plaisir. « Bon, le moment est venu d'aller au fond des choses. Votre père. Comment vous entendez-vous avec lui? »

« Ça va. Nous nous supportons. »

« Dois-je en conclure une certaine hostilité? »

« Nous ne sommes pas toujours d'accord. »

Elle a eu un sourire plein de confiance. « Exactement ce que je pensais. Vous le haïssez bel et bien, n'est-ce pas? »

« J'ai pitié de lui. »

« Pitié? »

« Il est au chômage, avec une famille nombreuse à entretenir. J'ai le droit de le plaindre, non? »

Elle a allumé une cigarette avant de fondre sur moi : « La pitié, vous savez, est une forme de supériorité. Je crois que vous prenez plaisir à le voir souffrir. »

« Je ne crois pas. »

Elle a poursuivi avec enthousiasme. « Vous détestez votre père parce que vous lui en voulez des attentions qu'il a envers votre mère. »

« Le problème, c'est qu'il ne fait pas du tout attention à elle. »

« Le problème? » Elle a sauté sur le mot. « Vous avez dit " le problème "? Pourquoi? »

« Ma mère est une femme simple. Je crois qu'il est fatigué d'elle. »

« Maintenant je comprends tout », elle a déclaré triomphalement. « Ce n'était pas la Vierge. C'était votre mère. »

« Impossible. Ma mère est brune, et puis la Vierge était beaucoup plus jeune. »

« Vous ne comprenez donc pas? La Vierge représente votre mère telle que vous aimeriez qu'elle soit! »

Ses yeux étaient immenses et lumineux. J'ai vu mon reflet convexe dans ses pupilles, mon visage, mes yeux, le compotier.

« Je suis tellement heureuse », elle a soupiré. « Je vous aide. Je suis franchement convaincue de vous aider. » Elle a posé sa main sur la mienne. « A quoi ressemble votre frère? Quels sont vos sentiments envers lui? Vous disputez-vous? »

« Beaucoup. »

« A quel sujet? »

« A tout propos. »

L'excitation l'a obligée à se lever pour arpenter la cuisine. « Voilà qui est intéressant. Très intéressant! » Sa crinière dorée ondulait. Dorothy a brusquement pivoté vers moi, ses bras se sont écartés, sa poitrine s'est gonflée :

« J'ai trouvé! Rivalité fraternelle! »

Elle a bondi vers moi pour poser ses mains sur mes épaules; ses lèvres humides tremblaient d'excitation.

« Vous êtes jaloux de votre frère parce que votre mère l'aime plus que vous! C'est la vérité, n'est-ce pas? »

« Non. »

Elle a grogné. « Vous n'êtes vraiment pas coopératif. Si vous vous obstinez à nier l'évidence, nous perdons notre temps. »

« Je fais ce que je peux. »

Elle m'a secoué.

« Réfléchissez bien, Dominic. Remontez vers votre petite enfance. Jusqu'à vos tout premiers souvenirs. Comment vos parents vous ont-ils appris à aller au pot? »

« Vous faites fausse route. »

« Vraiment? » Elle débordait d'assurance. « Pensez-y. Vous souvenez-vous d'un problème particulier? »

Je pouvais seulement penser au présent, à sa présence à elle, et non au pot de ma petite enfance ou aux nuits où je faisais pipi au lit. « Je ne m'en souviens pas », j'ai dit.

« Cela ne me surprend guère. Amnésie adolescente caractérisée : compulsion inconsciente à oublier les événements désagréables. Tout est clair. Encore un peu de café? »

Elle a marché jusqu'à la cuisinière, glissant comme un serpent doré, je l'ai suivie d'un regard affamé, j'ai senti un démon se dresser en moi, une urgence grandissante, on n'a rien sans rien, maintenant ou jamais, agir ou mourir.

« Je vous aime », j'ai dit.

Elle a posé la cafetière, s'est retournée d'un air pensif, amusée et pas amusée du tout, plutôt incrédule.

« Ne soyez pas idiot », elle m'a dit en souriant.

« Je vous aime. »

Maintenant ou jamais. Je me suis levé sur des jambes en coton, me suis approché d'elle malgré moi, suis tombé à genoux devant elle, mes bras ont enlacé ses hanches, mon visage a plongé au plus profond de sa jupe, mon démon me tenait totalement en son pouvoir.

« Je vous aime, je vous aime ! »

« Arrêtez ! »

Elle s'est tortillée pour se libérer.

« Lâchez-moi, espèce d'idiot ! »

Mais le démon décuplait ma force, mes baisers s'enfonçaient contre son ventre et ses cuisses tandis qu'elle se débattait. Alors ses pieds ont quitté le carrelage brillant, elle est tombée sur moi et je l'ai couverte de baisers inspirés, me rappelant la litanie de la Vierge Marie tandis que nous roulions par terre et que j'embrassais tantôt son cou, tantôt son genou, sa jambe, son coude, tout ce qui passait à portée de mes lèvres, et que je criais : « Rose Mystique ! Siège de la Sagesse ! Cause de Joie ! Vaisseau de l'Honneur ! Tour de David ! Tour d'Ivoire ! Refuge des Pécheurs ! Arche d'Alliance ! Porte du Ciel ! Étoile du Matin ! Réconfort des Affligés ! Espoir des Chrétiens ! Agneau de Dieu ! »

Elle se tortillait, tirait à hue et à dia, m'entraînait de-ci de-là sur le sol, perdant ses chaussures, ses bras étroitement serrés autour de ma taille, puis elle a réussi à se lever en m'arrachant des touffes de cheveux, et enfin à se libérer.

Pendant quelques secondes nous avons ahané en silence, à la recherche de notre souffle, elle appuyée contre le réfrigérateur, moi allongé à plat ventre.

Elle a fini par parler : « Allez-vous rentrer chez vous maintenant? »

Elle a remis de l'ordre dans son corsage, lissé sa robe, retrouvé ses chaussures. Je me suis levé et je commençais de glisser les pans de ma chemise dans mon pantalon quand elle est tombée à mes pieds – la petite culotte dorée aux piécettes noires. Je l'ai ramassée. J'étais au-delà de toute honte. Je la tenais d'une main lasse en cherchant mon souffle.

« Mon slip tout neuf! » elle s'est écriée.

« Je peux le garder? »

« Non! »

« S'il vous plaît. »

« Bien sûr que non! » Elle me l'a arraché des mains. « Quel garçon terrible vous êtes! »

« Je vous aime », j'ai dit en tendant les bras.

« Bas les pattes! »

J'ai regardé son long cou, ses cheveux d'or, le miracle de son corps, et j'ai fondu en larmes, car Dorothy Parrish ne m'appartiendrait jamais, aucun garçon originaire de Torricella Peligna n'a jamais possédé une fille comme Dorothy Parrish, jamais de la vie et tant qu'il y aura un autre homme sur la terre.

« Je suis sérieux », j'ai sangloté. « Je n'y peux rien. Je vous aime. »

« S'il vous plaît », elle a dit calmement.

Elle a été ouvrir la porte de derrière, j'ai pris

mon manteau et suis passé devant elle pour sortir sur le porche de service.

« Bonne nuit », elle a dit.

« Vous le regretterez », je lui ai répondu en enfilant mon manteau. « Un jour vous entendrez parler de moi, et vous le regretterez. »

Elle a fermé la porte, le verrou a claqué. J'ai descendu l'allée vers la rue.

IV

Deux rues plus bas, dans College Avenue, je suis tombé sur Kenny qui rentrait chez lui après le cinéma. « Salut, l'amoureux », il a fait.

« C'est malin. »

« T'as raté une séance extra. Les deux films. Ginger Rogers – quel corps. »

« Faut que je te dise quelque chose à propos de moi et de ta sœur. »

« Me dis pas que tu l'as emballée. » Il se moquait de moi.

« Je l'ai embrassée, un point c'est tout. »

« Ça a été si désagréable? On dirait un type en cavale pour fuir la justice. »

« Ça m'a plu. Mais pas à elle. »

« Elle est trop vieille pour toi. Pas ton genre. »

« Quel est mon genre, Monsieur Je-sais-tout? »

« Elle apparaîtra dans le sillage de ta gloire, une fille que tu rencontreras sur le chemin de la célébrité. Peut-être une vedette de cinéma comme Ginger Rogers. C'est sans importance pour l'instant. Il faut que tu penses au Bras, Dom. Seul Le Bras compte. »

« Le Bras ne s'inquiète pas. » Je l'ai tendu. « Le Bras sait ce qui est important. »

« Sait-il que les femmes et le lancer sont incompatibles? »

« Pas si sûr. »

« Désire-t-il certain décor tropical non loin de la côte californienne, possédé par un magnat du chewing-gum? »

« Le Bras n'oublie pas l'existence de ce lieu. »

« Demande-lui quand nous partons. »

« Très bientôt. »

« Le temps file. Ne tardons pas. »

Il se tenait sous le réverbère, les joues bien roses, emmitouflé comme un castor dans son manteau neuf, ses pieds douillettement nichés dans de lourdes bottes, plein de confiance, libre comme l'air.

« Tu ne t'embarrasses pas de grands mots », j'ai dit. « Vous ne seriez pas par hasard le fils de Joe Parrish, l'un des hommes les plus riches de cette ville? »

« Oh, merde! Voilà que tu recommences. » Il a donné un coup de pied dans la neige. « Pour cinquante malheureux dollars. Tu peux les trouver si tu le veux vraiment. »

« Comment? »

« Ton paternel. »

« Il les a pas. »

« Il peut pas les emprunter? »

« Il refusera. »

« Comment le sais-tu? »

« Je le sais. »

Il a souri faiblement. « Tu sais ce que je

pense, l'Italo? Je pense que t'es un trouillard. »

J'ai envisagé de le frapper, mais brusquement son sourire est devenu celui de sa sœur, et de même son regard placide. Je lui ai craché au visage. Il n'a pas bronché. Quand mon glaviot a dégouliné le long de son nez, il l'a essuyé calmement du dos de sa main gantée.

« Tu te sens mieux? » il a fait.

J'ai fourré mes poings dans les poches de mon manteau, je me suis éloigné, mais après vingt pas j'ai ralenti. Je l'aimais bien. Il était mon seul ami. Il respectait Le Bras. Il me taquinait parfois, mais je le lui rendais bien, et nous avions un rêve commun. Je ne pouvais pas renoncer à tout cela. Il remontait la colline d'un pas lourd, penché en avant à cause de la pente.

« Ken! »

Il s'est retourné.

« Excuse. »

« C'est okay, vieux. »

« Tu m'en veux? »

« Non. »

« On se retrouve aux Elks demain. »

« Parle à ton paternel, Dom. Tu risques rien d'essayer. »

« Okay. »

***

Comme c'était jour de paie à l'usine de poterie, l'*Onyx* était bondé de clients qui s'entassaient au bar sur deux rangées et à quatre ou cinq dans chaque box. La neige fondue et la bière renversée rendaient le sol humide et glissant; le juke-box jouait une country music assourdissante et tout le monde criait pour se faire entendre. Riley, le barman, m'a vu entrer et a aussitôt gueulé : « Il est pas là, Don », en se trompant de prénom.

Je me suis frayé un chemin entre le bar et les boxes vers la salle de billard du fond. Tout était tranquille là-bas, personne ne jouait au billard, mais il y avait foule autour de deux parties de poker. Mon père n'y était pas. Je suis allé voir le râtelier des queues de billard. Mon paternel quittait parfois la ville pour une partie de billard, auquel cas il emmenait sa queue. Mais elle était là, verrouillée sur le râtelier, avec son nom gravé sur la poignée.

J'ai quitté la grande salle et je traversais la foule du bar quand une main de femme a jailli d'un box pour saisir ma manche. Une main potelée, tachée de nicotine, avec deux bagues d'or. C'était Rita Calabrese. Seule dans son box, elle sirotait du vin doux. J'ai senti son odeur écœurante quand elle m'a parlé.

« T'es le gars de Mary Molise. »

Elle avait connu ma mère quand elles étaient petites filles à Denver. Ralph, son mari, était le propriétaire de Studebaker Rockne Motors, et elle avait un fils, Robert, qui s'était battu sur le ring de Greeley contre Lewis l'Étrangleur. Ma mère disait que c'était une mauvaise femme.

Je lui ai demandé si elle avait vu mon père.

« Assieds-toi », elle a répondu. « J'adore ta mère. C'est un ange. »

Dès que je me suis assis, Riley a hurlé : « Barre-toi, Don », en agitant son pouce vers la porte. Je m'apprêtais à partir quand Rita a saisi de nouveau ma manche.

« Tu connais Edna Pruitt? » elle m'a demandé.

« Bien sûr. Et alors? »

« A ton avis? »

« Mon père est avec elle? »

« J'ai pas dit ça », elle a ricané. « J'ai seulement dit que ta mère était un ange. »

Il fallait vraiment être un bleu pour ne pas connaître Edna Pruitt. Quelques années plus tôt, on l'avait accusée de pratiquer des avortements clandestins, et il y avait eu un célèbre procès où elle avait été acquittée. Mais sa sinistre réputation lui collait à la peau, et chaque nouvelle génération de gamins de Roper prétendait avoir trouvé des fœtus dans la poubelle derrière la maison d'Edna Pruitt. Furtif et terrifié, je m'étais souvent arrêté là-bas pour soulever le couvercle de sa poubelle et jeter un coup d'œil à l'intérieur en m'attendant à une chose horrible, monstrueuse. J'avais toujours été déçu.

Son bungalow blanc se trouvait sur Pine Street, en face de la nouvelle poste. Sur la porte vitrée du porche, j'ai lu :

Edna Mae Pruitt, DSC, PHM
Masseuse Chiropractor
Manipulation Personnalisée
Guérisseuse
Jour et Nuit. Tél : 37W

La façade de la maison était plongée dans les ténèbres, mais il y avait de la lumière derrière un store vert à l'une des fenêtres latérales. Dans la rue, je me suis demandé ce que bon Dieu je foutais là. Si je voulais que mon père m'aide, je n'avais strictement rien à faire près de cette maison, où il se trouvait certainement. Dans le froid piquant, le ciel a poussé un soupir silencieux et il s'est mis à neiger.

J'ai encore scruté la fenêtre éclairée. Était-il vraiment là? Que faisait-il? Ça ne me regardait pas, mais je devais savoir. Peut-être participait-il à une orgie, commettant ainsi l'adultère? Qu'allais-je faire – intervenir et leur dire d'arrêter? Pour me faire transporter, brisé et sanguinolent, à la morgue? Un adolescent de Roper assassiné. Un père étripe son fils... La police retrouve l'arme du crime dans la neige... Le père désespéré est arrêté... Évoque les excès incontrôlables de son tempérament... C'était un bon garçon, déclare un proche... Un athlète plein de promesses... Le père éploré tente de se pendre dans sa cellule... Un prêtre prononce l'oraison funèbre de l'adolescent assassiné... Destiné au championnat national, dit le Père Murray... Ses copains de l'équipe portent son cercueil en terre... Les jurés déclarent Molise coupable... Date de l'exécution fixée... Gouverneur refuse la grâce... Poseur de briques exécuté.

J'ai traversé la petite pelouse jusqu'à la fenêtre et collé mes yeux contre la mince fente de lumière sous le store vert. Ce n'était pas une orgie, ce n'était pas une fête. Ça ne ressemblait même pas à un rendez-vous d'amoureux. C'était juste deux personnes, Papa et Edna Pruitt, tranquillement assise dans un salon, sous un grand portrait du Président Hoover. Dans un fauteuil à bascule, Edna tricotait une chaussette, et mon père assis à une table de bridge jouait au solitaire. Il n'avait même pas retiré sa veste, mais il dégageait une impression de paix, d'une étrange sérénité que je ne lui connaissais pas.

De dix ans son aînée, Edna était une femme lourde en uniforme blanc d'infirmière, chaussures blanches et bas blancs inclus. Ils ne parlaient ni ne se regardaient, ils étaient parfaitement immobiles à l'exception de leurs mains – celles de mon père retournaient lentement les cartes, les doigts d'Edna dirigeaient les aiguilles à tricoter. Si j'avais découvert un autre homme que mon père, j'aurais juré que ces deux personnes qui se tenaient compagnie en silence par une soirée d'hiver étaient mariées depuis vingt ans.

Alors mon père a bâillé en tendant ses bras vers le plafond. Edna aussi a bâillé, avant de sourire, puis de se diriger vers le placard. Le poids de son corps épais a fait craquer les lattes du plancher. Elle a sorti le manteau de mon père et le lui a présenté tandis qu'il glissait ses bras dans les manches. Alors est arrivé le moment le plus dramatique de la soirée : Edna l'a embrassé. Elle l'a embrassé sur la mâchoire, presque distraitement, après quoi il s'est dirigé vers la porte.

Quand il est sorti sur le porche, j'ai décampé dans l'allée, conservant toujours un peu d'avance sur lui, et nous nous sommes rencontrés dans la Douzième Rue. Hors d'haleine, j'ai réglé mon pas sur le sien.

« Où étais-tu, si tard? »

« Avec Kenny. Je voudrais te parler, Papa. C'est très important. »

« Je croyais que c'était réglé. Tu finis l'école, et puis tu viens travailler avec moi. »

« C'est pas possible. »

« La ferme. »

Nous marchions côte à côte, la neige s'entassait sur nos manteaux. J'ai décidé de changer mon fusil d'épaule.

« Tu sais qui est Joe Di Maggio, Papa? Et Tony Lazzeri? Et Frank Crosetti? »

« Des joueurs de base-ball », il a grommelé.

« As-tu entendu parler de Babe Pinelli, ou de Lou Fonseca, ou de Ron Pelligrini? »

« D'autres joueurs de base-ball. »

« Ou de Vic Monte, de Sam La Torra, de Boots Zarlingo? »

« Même chose. »

« Des gens, Papa! Des êtres humains comme toi et moi. Des fils de tailleurs, de bouchers, de pêcheurs. De barbiers et de mineurs. Des Italo-Américains qui sortent de foyers comme le nôtre, dans toutes les villes de ce pays béni où chacun a sa chance. Tu sais ce qu'on dit à propos de la chance, Papa? »

« Toi qui sais tout, dis-le-moi. »

« Elle ne frappe qu'une fois à votre porte. »

Il s'est arrêté, et moi aussi. Il m'a regardé d'un air exaspéré; sa main est sortie de la poche de son manteau. Il l'a serrée en poing, qu'il a brandi sous mon nez.

« Tu vois ça? Ça frappe aussi. Une seule fois. »

Je devais pourtant lui annoncer ma décision.

« Je quitte la ville, Papa. »

Il s'est remis à marcher, plus vite qu'avant. Une minute s'est écoulée avant qu'il ne reprenne la parole.

« Où vas-tu? »

« En Californie. »

Il s'est encore arrêté, son chapeau et ses épaules couverts de neige. « Et tu vas devenir riche en jouant au base-ball. »

« Je vais tenter ma chance avec les Chicago Cubs. »

« Les Chicago Cubs sont au courant? »

« Ils le seront, quand ils me verront. »

La douleur et la tristesse ont adouci son visage. Il a posé sa main sur mon épaule, hésitant à dire le fond de sa pensée. Mais je l'ai deviné.

« Vas-y. Tu crois que je ne suis pas assez bon. »

« Tu es bien assez bon, petit », il a dit doucement. « Mais pas assez solide. Tu comprends ce que je veux dire? Ces hommes sont de l'acier. Durs, impitoyables. Ils vont te passer à la moulinette. Ils vont te tuer. Te briser le cœur. »

Nous étions dans cette rue morte au beau milieu de la nuit, il neigeait si dru que nous nous voyions à peine, et il me disait que j'étais faible, mon propre père, et ça m'a déprimé de réaliser qu'il me jugeait en pensant à lui-même. Il était un grand poseur de briques et un raté; j'étais un grand joueur de base-ball et moi aussi je raterais ma vie. Tel père, tel fils. Avec cette différence : il était un étranger, originaire de Torricella Peligna, moi pas.

« Tu ne me comprends décidément pas », j'ai dit, ce qui a clos le sujet en me soulageant. Comment soutirer cinquante dollars à ce pauvre étranger brisé qui venait de si loin et se débattait dans un vaste pays inconnu et compliqué? Les pierres, les chèvres, le pain et le vin : voilà ce qu'il comprenait. Mais certainement pas le base-ball.

Nous avons repris notre marche pénible, traversé le pont qui enjambait Roper Creek, et il s'est encore arrêté, content de découvrir un mégot de cigare tombé dans un trou de la doublure de sa poche. J'ai attendu qu'il l'allume, puis j'ai respiré le parfum du tabac dans l'air lourd.

« Regarde », il m'a dit en tendant son allumette devant lui.

Dans la neige épaisse qui couvrait la berge du torrent, un castor tirait une branche de tremble. Nous avons observé le petit animal plonger dans l'eau et nager vers l'embryon d'un nouveau barrage.

« Exactement ce que je veux dire », il a grogné. « Par un temps pareil, tout le monde bosse sauf le poseur de briques. Même les loutres. »

« C'est un castor. Pas une loutre. »

« Les loutres aussi. »

Il a crié vers le castor : « Essaie donc un jour de faire du mortier! Tu verras! »

Nous sommes restés sur ce pont dont mon père avait construit les piles, brique après brique. Je me suis rappelé l'été, trois ans plus tôt, où il travaillait sur ce chantier, l'endroit de la berge du torrent où il avait installé sa petite bétonnière, le moteur qui tournait régulièrement pendant les longues journées chaudes.

Nous sommes repartis. Le premier immeuble au-delà du pont était le magasin de bonbons de Hale. Toutes les briques de ses murs étaient passées entre les mains de mon père. Sous la neige nos pieds foulaient le trottoir de ciment que mon père avait préparé, puis lissé de ses truelles.

Que de choses il avait construites dès que le soleil lui donnait sa chance! Dans toute la ville on voyait ses œuvres – écoles, églises, maisons, garages, cheminées, murets, terrasses, âtres, trottoirs de pierre, de ciment, de brique, marches montantes et marches descendantes.

Travailler, suer, toucher sa paie. Qu'il aimait sa tâche, exactement comme son infatigable bétonnière, la Jeager, son associée, qui éternuait et bourdonnait durant tous ces jours fastes. Alors les pluies arrivaient, ou bien la neige tombait; la machine était remisée dans la cabane, puis couverte d'une bâche, en chômage technique comme son associé. Pas étonnant qu'il aille voir Edna Pruitt. Mon père n'était pas une machine en acier qui hibernait sous une bâche en attendant la fin de l'hiver. Il était de chair et de sang.

Pauvre vieux Papa. Quelle vie! Mais Dom Molise ne subirait pas le même sort. J'avais une porte de sortie, un don de Dieu, Le Bras. Tandis que nous frappions nos chaussures l'une contre l'autre sur le porche de devant pour en faire tomber la neige, mon esprit s'est soudain envolé vers la solution de mon problème. J'avais trouvé. Je savais ce que je devais faire.

V

Le lendemain matin j'ai séché l'école et couru jusqu'au lycée de Roper pour annoncer mon plan à Kenny. Comme je voulais lui en parler avant son premier cours, je me suis posté en haut des marches de l'école pour surveiller les élèves qui franchissaient les portes de l'établissement.

La tempête de neige de la nuit dernière était terminée; la journée était belle, le soleil agréable et chaud, les nuages de l'orage filaient dans le ciel. La neige, qui fondait rapidement, alimentait des torrents d'eau brune dans les caniveaux. A l'ouest, au-delà des Rockies, le ciel brillait d'un bleu Vierge Marie, me rappelant que quelque part là-bas les Chicago Cubs prenaient probablement leur petit déjeuner en ce moment même.

Les Cubs! Mes futurs camarades d'équipe : l'entraîneur Joe McCarthy, Charley Grimm, Hack Wilson, Bill Nicholson, Gabby Hartnett, Stan Hack.

« Gabby, que vaut le petit Molise? »

« Bon Dieu, il est fantastique! »

« Un sacré vantard. »

« Le fait est qu'il a de quoi être vantard. »

« Il a fini par signer le contrat. »

« A la bonne heure. Combien il touche? »

« Vingt mille, plus cinq mille de bonus. »

« Coquette somme pour un gosse de dix-sept ans. »

« Alors qu'il vient de nous faire gagner vingt-cinq matches? Tu plaisantes, c'est nous qui l'avons escroqué. »

La cloche de neuf heures a retenti au moment où un bus arrivait; Kenny en est descendu avec une bande de gamins. Ils ont monté les marches quatre à quatre. Ma présence a surpris Kenny.

« Qu'y a-t-il? »

« T'es prêt à partir? » j'ai dit.

« Catalina? »

« On peut partir aujourd'hui. »

« T'as le blé? »

« Je l'aurai dans trois heures. » J'ai saisi son bras. « Allons boire un café et parler de ça. »

Il a résisté. « J'ai un cours d'anglais. »

« C'est pour les gosses. Aujourd'hui nous devenons des hommes. »

Il m'a suivi de l'autre côté de la rue jusqu'au drugstore du carrefour, où nous nous sommes installés sur deux tabourets. Pendant que nous buvions notre café en fumant, je lui ai parlé de la bétonnière de mon père et de la façon dont je comptais l'emprunter. A Longmont, une bourgade à dix miles de la ville, il y avait un magasin de gros pour le bâtiment, où je pourrais vendre la bétonnière cinquante, peut-être soixante dollars.

« Dès qu'elle sera vendue, nous sautons dans le bus de cinq heures, et en route pour la Californie. »

Tout sauf enthousiaste, il tapotait le marbre du comptoir, transvasait sa gorgée de café d'une joue à l'autre, l'avalait pensivement.

« Où est cette bétonnière? »

« Dans la cabane derrière notre maison. Nous aurons besoin d'une camionnette pour la transporter. C'est là que tu interviens. »

« N'est-ce pas ce qu'on appelle un vol? »

« Comment peut-on voler son propre père? Il s'agit d'un bien commun. Ce qui est à lui est à moi, et vice versa. »

« Ce serait peut-être vrai si tu possédais quelque chose, mais tu n'as rien. »

« Pas pour l'instant », j'ai concédé – j'avais préparé mes réponses. « Mais dans deux mois je pourrai lui payer une bétonnière toute neuve, une machine dernier cri. »

« Pourquoi en es-tu si sûr? »

« Je serai payé pour jouer au base-ball. »

Il a fermé les yeux en grimaçant et secoué la tête. « De la folie », il a dit. « De la pure folie. »

Son pessimisme me cassait le moral.

« Keski t'arrive? » j'ai fait. « Qui a la trouille maintenant? »

« Je suis pas un trouillard. Mais je suis pas non plus un voleur. »

« Un voleur? Quel voleur? Tu ne fais qu'emprunter la camionnette de ton vieux pour que nous puissions transporter la bétonnière à Longmont. »

« Ce qui fait de moi un complice du crime. »

« Crime, voleur! Arrête de parler comme ça! Tu crois que mon père va laisser le prêt d'une bétonnière pourrie entraver mon avenir? »

« Le connaissant, je réponds oui. »

Il était si calme, si grave, si têtu que je l'aurais étranglé, mais j'ai essayé de le raisonner.

« Écoute, crétin. Tu ne vois pas à quel point ce serait stupide de *demander* à mon père la permission de vendre la bétonnière? Tu sais *très bien* qu'il refuserait. »

« Exactement ce que je veux dire. »

« D'accord, crétin. Mais si je lui demande pas et que je vends la bétonnière, que pourra-t-il faire? Faudra bien qu'il dise oui, puisque ce sera fait. Et un oui est un oui, avant ou après. Tu comprends ce que je dis? En d'autres termes, je ne *vole* pas la bétonnière, je la sors simplement de la cabane et je m'en sers un petit moment, je l'emprunte quelques semaines au lieu de la laisser rouiller inutilement. Dès que j'ai signé avec les Cubs, j'envoie quelques centaines de dollars au paternel, qui va s'acheter une bétonnière toute neuve, et il lui reste même un peu de pognon dans sa poche. En d'autres termes, grâce à l'emploi astucieux de cette bétonnière qui pourrit tout bonnement dans la cabane, il se fait un bénéfice de cinq à six cents pour cent. Et par-dessus le marché, je joue régulièrement au base-ball et j'envoie à ma mère un chèque hebdomadaire. Elle rembourse nos dettes, l'été arrive et mon père décroche des gros contrats à cause de sa nouvelle bétonnière qui accomplit le travail de cinq ouvriers – c'est toujours comme ça avec un équipement neuf. Tout le monde y gagne. Qu'y a-t-il de mal à ça? Es-tu contre le bonheur, Ken? Refuses-tu que ma famille soit un peu plus à l'aise? Pourquoi mon paternel devrait-il rester pauvre pendant que le tien s'enrichit? As-tu quelque chose contre nous parce que nous sommes italiens? Me suis-je jamais abaissé à t'emprunter quoi que ce soit? Est-ce que je te demande de me prêter cet argent? Non. Je te demande seulement de me prêter la camionnette, pour que je puisse emprunter la bétonnière de mon père pendant quelques semaines. Si c'est trop te demander, alors laisse tomber, oublions notre amitié, serrons-nous la main et chacun pour soi. »

Assis et silencieux, il fronçait les sourcils d'un air dubitatif et se frottait la nuque.

« Puisqu'on discute, suppose – c'est une simple supposition –, suppose que ça n'aboutisse pas avec les Cubs? C'est possible. Tout est possible. »

Ça m'a choqué. « On appelle ça un ami! » j'ai dit. « Un jour je suis le dieu du base-ball, et le lendemain les Cubs ne veulent pas de moi! Depuis des mois, tu me couvres de flatteries, et maintenant tu craches le morceau : la trahison, le coup de poignard dans le dos! » Je l'ai regardé d'un air dégoûté. « Terminé, mon pote. Y a plus rien entre nous! »

J'ai fait claquer une pièce de 10 cents sur le comptoir et suis sorti. Il a couru dans la rue derrière moi.

« Okay », il a fait. « Je vais chercher la camionnette, à une condition. »

« Quelle condition? »

« Que tu rembourses ton père, soit en jouant au base-ball soit grâce à un autre boulot. »

« Quel “ autre ” boulot? »

« Poser des briques, par exemple. »

« J'suis un joueur de base-ball, Parrish. Un pro. On me paie pour lancer. C'est comme ça que j'gagne mon fric. »

« Pas encore. Pas pour l'instant », il a répété d'un air buté.

J'ai pris son bras et l'ai entraîné vers le banc de l'arrêt de bus du carrefour, où je lui ai dit de s'asseoir. Une fois encore, j'ai puisé dans mes réserves de patience pour lui expliquer certains faits élémentaires. Il était, bien sûr, possible que les Cubs ne veuillent pas de moi. Et puis tant de choses pouvaient arriver – une jambe cassée, une maladie grave, un accident de voiture. C'étaient là des désagréments temporaires parfaitement indépendants de ma volonté. La direction des Cubs n'avait peut-être pas besoin d'un autre gaucher; je devrais alors rejoindre l'un de leurs clubs moins prestigieux du championnat, peut-être L.A. dans la Pacific Coast League, ou Atlanta dans la Southern Association. Mais je ne pouvais pas tomber plus bas. Je le savais, Le Bras le savait, Kenny le savait.

« J'ai raison? »

Il a haussé timidement les épaules. « J'imagine. »

« N'imagine rien, Ken. Tu joues avec une vie humaine. »

« Okay », il a soupiré. « T'as raison. »

Ainsi, c'était du vol, une mauvaise action. Mais était-ce aussi répréhensible que la double vie de mon père? Me prenait-il pour un de ces vauriens qui ignorent ou se moquent qu'on traîne un mariage dans la boue? Pensait-il vraiment s'en tirer à aussi bon compte? J'ai décidé d'envoyer à ma mère le premier dollar que je gagnerai. Je lui trouverai un avocat. Je lui ferai quitter Roper, je l'installerai dans une petite maison à elle. Je fournirai même une pension à mon père, quelques dollars par semaine pour qu'il n'ait pas à travailler, mais il devra vivre seul, à l'hôtel.

***

A la quincaillerie Ken a dit à son père qu'il avait besoin de la camionnette afin de transporter du matériel de gymnastique pour l'entraîneur, et M. Parrish lui a donné les clefs du véhicule. Nous avons remonté Arapahoe, puis bifurqué dans notre allée, traçant des ornières fraîches dans la neige vierge. Nous avons atteint la cabane derrière notre maison, et j'ai sauté pour ouvrir les portes en fer-blanc. La petite cabane carrée en tôle ondulée était bourrée de planches, hottes à mortier, sacs de ciment et de briques. Elle se dressait à une quinzaine de mètres de la maison, le sentier qui aboutissait au porche de derrière était enfoui sous soixante centimètres de neige. En hiver c'était un endroit abandonné qu'on ne remarquait plus et ne visitait jamais.

J'ai guidé Kenny qui a fait reculer la camionnette dans la cabane, à quelques centimètres de la bétonnière. Il a coupé le contact en jetant des regards inquiets autour de lui.

« Et si ton vieux se pointe? » il a chuchoté.

« Il ne vient jamais ici. Personne n'y vient. »

Pour le prouver, j'ai ramassé un bout de tuyau. Quand j'ai frappé la bétonnière avec, un coup de tonnerre a fait trembler la cabane.

Paniqué, il m'a soufflé : « Bon Dieu, arrête! »

Il s'est rué vers l'unique fenêtre couverte de toiles d'araignée, d'où l'on voyait l'arrière-cour sinistre. « Débarrassons-nous de cette saleté de boulot », il a dit.

Nous avons examiné la bétonnière. C'était une vraie antiquité datant peut-être d'une quinzaine d'années, montée sur deux grandes roues de fer, et dotée d'une attache. Nous avons fixé l'attache à la boule qui dépassait sous le pare-chocs arrière de la camionnette, et installé une chaîne pour plus de sécurité. Puis j'ai soulevé le capot du moteur, et retiré le certificat de propriété collé à l'intérieur. Prenant le stylo Parker dans le chandail de Ken, j'ai imité la signature de mon père sur la ligne réservée aux changements de propriété.

Ken retenait son souffle.

« Bon Dieu, c'est de la contrefaçon pure et simple! »

« Contrefaçon, mon cul! Je ne m'appelle pas Molise? Je change simplement le prénom. »

La sueur perlait à son front, sa respiration était saccadée; il scrutait fébrilement l'arrière-cour à travers la petite fenêtre.

« T'es même pas humain », il a dit. « T'es un animal. Je devrais appeler les flics. »

« La fin justifie les moyens. »

« Des clous, espèce de voleur. »

« Allons-y », j'ai dit. « Grouille. »

Bourrelé de remords, il était prêt à tout plaquer, mais j'ai frappé dans mes mains en criant : « Tout est réglé ! »

Il est monté dans la camionnette et a mis le contact. Je suis resté à côté pour surveiller l'accrochage quand les roues ont commencé de tourner et que la camionnette s'est engagée dans l'allée, la bétonnière brinquebalant derrière elle. J'ai fermé la porte de la cabane et suis monté à côté de lui. Mâchoires serrées, il regardait droit devant lui.

Il allait embrayer quand un menu visage sombre et ridé enveloppé d'un châle noir est apparu au-dessus de la barrière. C'était Grand-maman Bettina. L'espace d'un instant, je me suis cru à Torricella Peligna. J'ai vu le village derrière elle, les ruelles pavées, les maisons de pierre délabrées, l'église et les vieilles commères noires qui gravissaient ses marches.

« Oh, mon Dieu ! » a dit Kenny.

« Roule ! »

Il ne pouvait pas. Il était pétrifié de honte, le souffle coupé, les yeux exorbités, les doigts figés sur le volant. La barrière a grincé quand Grand-maman l'a ouverte pour s'engager dans l'allée. Avec une fascination terrifiée, Kenny la regardait dans le rétroviseur faire le tour de la bétonnière, examiner la façon dont elle était fixée à la camionnette.

« Quelle horreur », il a gémi. « Putain de merde! » Il a fermé les yeux et s'est méthodiquement frappé le front contre le volant. Mais ce n'était pas horrible. C'était absurde. Délirant, comique. Je me suis mis à rire. L'événement le plus improbable, inimaginable, mais elle était là, ma vieille grand-mère, opinant du chef et comprenant parfaitement ce qui se passait.

La neige lui montait aux genoux, elle a pataugé jusqu'à l'avant de la camionnette et levé les yeux vers Kenny. Elle ne manifestait aucune surprise. Elle semblait accepter ce qu'elle voyait, s'y résigner tout en parlant italien.

« Voilà donc la façon américaine », elle a dit. « On assassine l'âme d'un homme, puis on lui tranche les mains. Que va faire mon fils sans cette machine? Vous croyez peut-être qu'il va préparer son mortier avec une bêche? »

Ken ne pouvait pas la regarder. « Que dit-elle? » il m'a demandé. « Traduis-moi ce qu'elle raconte. »

« Elle dit que c'est un tas de ferraille et qu'elle est ravie qu'on l'en débarrasse. »

« Menteur. »

La mascarade était terminée, notre forfait chevillé à cet instant de la journée, à l'angle du soleil dans le ciel, à l'éclat cristallin de la neige fondante, à la dérive des nuages au-delà des montagnes, à l'ombre portée de la cabane, à la sombre résignation qui se lisait dans les yeux de Grand-maman.

« Vole si tu le dois », un sanglot dans sa voix.

« Vole le banquier, la compagnie d'électricité, le percepteur, mais épargne le fruit infortuné de mes entrailles. »

« Que dit-elle? » a demandé Ken. « Traduis. »

Je lui ai répondu que c'était difficile à traduire. « Une sorte de proverbe italien. »

Il a bondi dans la neige.

« J'en ai marre! Marre! Quand tu auras fini, ramène la camionnette au magasin. » Il s'est approché de Grand-maman, ses mains implorantes tendues vers elle. « Écoute, Grand-maman. J'suis innocent. J'ai rien à faire dans tout ça, capisco? Vous pigez? » Il a touché sa propre poitrine. « Moi pas coupable. Moi homme bon. » Puis, se tournant vers moi. « Lui mauvais homme. Moi pas voler. Moi, ami. Lui, escroc. »

Il a descendu l'allée en courant dans les empreintes des pneus de la camionnette. Je suis monté dans la cabine. J'ai senti mon crâne se fêler sous les éclairs des yeux âgés. Regardant droit devant moi, je l'ai entendue parler des choses premières et dernières, de naissance et de mort, de crime et de damnation, de Judas et du déshonneur des fils. Le rugissement du moteur a couvert ses paroles quand j'ai embrayé et démarré. Dans le rétroviseur, j'ai vu sa silhouette noire et solitaire dans l'allée, ses mains qui papillonnaient vers le ciel.

***

L'itinéraire le plus rapide pour Longmont longeait le champ de foire et traversait le cimetière avant de rejoindre la grand-route, ce qui permettait de contourner la ville. Comme tout le monde connaissait la bétonnière de mon père, j'ai évité les artères les plus fréquentées pour m'en tenir aux ruelles jusqu'au champ de foire, tandis que la bétonnière brinquebalait comme un chargement de boîtes de conserve.

Mes ennuis ont commencé quand j'ai pénétré dans le cimetière, car l'unique route passait devant la tombe de mon grand-père, Giovanni Molise. L'angoisse m'a assailli avant même d'entrer dans le cimetière, et j'ai rassemblé tout mon courage en vue de l'épreuve.

Alors j'ai aperçu la croix de granit sur le piédestal en pierre qui signalait la tombe. Elle était haute comme un homme, très mince, couronnée de neige comme d'un châle blanc. Ce monument était la fierté et la joie de mon père. Pendant deux ans il y avait travaillé par intermittence dans notre cabane, réduisant un énorme bloc de marbre à cette croix gracieuse, taillant et polissant la pierre pour qu'elle devienne aussi lisse que la peau d'un homme.

Le vacarme était assourdissant, les grincements et les claquements métalliques de la bétonnière troublaient le silence du cimetière. La perspective de passer devant cette croix m'emplissait d'effroi. A une vingtaine de mètres, j'ai arrêté la camionnette pour essayer de trouver un moyen de contourner la tombe. Mais j'étais dans une forêt de monuments et la seule façon de l'éviter consistait à rouler sur les tombes d'une centaine de malheureux défunts qui reposaient en paix.

Je ne m'attendais certes pas au moindre ennui de la part de mon grand-père, car il était mort depuis sept ans, mais son souvenir planait toujours dans l'air. S'il s'était dressé devant moi en chair et en os, je l'aurais défié aussi facilement que son épouse dans notre allée. Mais il était mort, terriblement mort, et je craignais son impuissance. Je me le suis rappelé quand il était de ce monde, les appâts à poisson dans son chapeau de toile fripé, l'amoureux des noix et des graines de tournesol, il aiguisait magnifiquement les couteaux, il suivait les voies de chemin de fer de ville en ville, la lourde meule du rétameur fixée sur son dos. Je me suis rappelé qu'il aimait s'accroupir pour gratter le sol avec un bâton, cet homme inculte et plein de sagesse qui souriait tout le temps, ravi d'être simplement vivant sur cette terre.

Comment passer devant lui? Comment étais-je tombé si bas? L'appât de la gloire et de la fortune m'avait rendu fou. Était-ce donc la récompense de Grand-papa, parti des Abruzzes pour que son petit-fils souille sa tombe avec un objet volé?

J'ai fait avancer la camionnette de quelques mètres afin de pouvoir lire l'inscription gravée sur le piédestal.

GIOVANNI MOLISE
1853 - 1926
REQUIESCAT IN PACE

Demi-tour, a dit Le Bras, retourne sur tes pas, espèce d'idiot, avant que je ne te lâche; machine arrière et oublie Catalina, pose des briques avec ton père, creuse des fossés, deviens clochard si ça te chante, mais renonce à cette turpitude.

J'ai fait faire demi-tour à la camionnette et j'ai roulé vers la maison.

***

Quand je me suis engagé dans notre allée, j'ai vu mon père debout à côté de la cabane. Apparemment pas en colère, il m'a tout bonnement regardé m'arrêter.

« Salut », j'ai dit.

Il m'a encore regardé, puis il a ouvert les portes de la cabane. J'ai fait reculer la bétonnière à l'intérieur en sentant son regard sur mon dos. Il regardait toujours quand j'ai coupé le contact et que je suis sorti de la camionnette.

« Je vais tout t'expliquer », j'ai dit.

Il m'a regardé retirer la chaîne de l'attelage et déverrouiller le loquet. « J'envisageais de te payer une bétonnière neuve », je lui ai dit. « Je voulais savoir combien ils pouvaient reprendre ce tas de ferraille. »

Pendant qu'il retirait son manteau et l'accrochait à un clou, j'ai continué : « Puisque nous allons être associés cet été, j'ai trouvé le moment bien choisi pour nous payer un équipement neuf. Inutile de vouloir être compétitifs avec des machines dépassées. »

Sous son manteau, il portait une pelisse dépareillée, qu'il a également retirée. « Et puis j'ai pensé que je devrais peut-être te consulter d'abord. Après tout, c'est quand même toi qui diriges les opérations. »

Il s'est approché de la camionnette et a légèrement tapoté le pare-chocs. « T'as volé ça aussi? » il a demandé.

Je lui ai expliqué que Kenny avait emprunté cette camionnette à son père.

« C'est quoi, ça? » il a dit en tendant le bras pour prendre le certificat de propriété rose qui dépassait de ma poche. Il a déplié le document; lorsqu'il l'a lu, le blanc de ses yeux s'est agrandi.

« Tu sais même pas voler proprement », il a dit en secouant la tête. « Tu t'es trompé de ligne pour ma signature. »

J'ai souri. « Tu te goures complètement. Est-ce que je serais ici si j'avais essayé d'imiter ta signature? Ai-je volé quoi que ce soit? J'ai volé quoi? La bétonnière? Elle est ici même, où elle a toujours été. Je refuse ces accusations injustes. »

De nouveau, il me regardait. Vu que les portes de la cabane étaient ouvertes, j'ai envisagé de piquer un cent mètres dans l'allée. Il me poursuivrait sur un ou deux blocs, mais sans réussir à m'attraper. Brusquement sa main droite a jailli et m'a frappé au visage; mon père dansait comme un boxeur, poings serrés devant lui, un nuage de poussière de charbon tourbillonnant autour de ses pieds qui semblaient fouler le raisin.

« Défends-toi! » il m'a ordonné en sautillant sur ses orteils, feintant, décochant des jabs rapides, tournant autour de moi. Mais je restais planté comme un piquet, ahuri, incapable de riposter. Jamais je n'aurais pu me battre contre lui, jamais. J'ai reculé en évitant ses coups.

« Nom de Dieu, bats-toi! » il a grondé.

« Pourquoi? »

« Si tu peux me voler, tu peux te battre contre moi. Allez, frappe! »

Un jab que je n'avais pas vu venir a frappé l'arête de mon nez. Une douleur, comme du verre brisé, rapide et aveuglante. Le goût du sang. J'ai porté la main à mon nez et senti la visquosité chaude du sang entre mes doigts. Papa a poussé un cri consterné, puis s'est frappé la joue.

« Mama mia! »

Il s'est rué dans l'allée, a plongé ses mains dans la neige, est revenu avec deux poignées dégoulinantes, qu'il a tendues vers mon visage. J'ai enfoncé mon nez dans la neige; quelques secondes après il ne saignait plus, engourdi au milieu de mon visage humide et froid. Papa a sorti un mouchoir bleu à pois blancs avec lequel j'ai essuyé mon visage. Il était pâle, sa main tremblait quand il a passé un doigt précautionneux le long de l'arête de mon nez.

« Ça va », je lui ai dit.

« Pourquoi? » il a imploré. « T'es pas un voleur – pourquoi? »

Cela tenait peut-être à mon nez sanglant, mais pour une fois nous avons cessé d'être père et fils pour devenir des amis; j'ai pu lui parler de mes espoirs et de mes craintes, de l'ennui de la pauvreté, de cette occasion de quitter la maison pour tenter ma chance au base-ball pro. Il a allumé un cigare en marchant vers la porte, le dos tourné vers moi; et j'égrenais mon rêve tandis que des nuages de fumée envahissaient la cabane.

Quand il a pivoté pour me faire face, son visage n'exprimait ni colère ni déception, mais une douceur, le désir de comprendre et de sympathiser.

« Attends un an », il a dit calmement. « Termine le lycée, et puis pars. »

« Je veux partir maintenant! »

« Tu ne veux pas m'écouter. Tu n'en fais qu'à ta tête, un point c'est tout. Cela prouve combien tu es jeune. »

« Je veux t'aider, Papa. Envoyer de l'argent à la maison. Tu pourras jeter ce manteau à la poubelle, acheter des vêtements neufs. »

Il fouillait mon visage en fronçant les sourcils; les rouages de son cerveau tournaient. « Comment sais-tu que tu es assez bon? »

« Parce que je suis un lanceur-né. »

Il a grimacé en essayant d'aboutir à une décision. « Je ne sais pas. Je ne veux pas me tromper. Faut que je parle à quelqu'un. »

« A qui? »

« J'en sais rien. De combien as-tu besoin? »

« Cinquante. »

Il a sifflé en secouant la tête d'un air morose. « Ça me plaît pas. Je suis piégé. Quoi que je fasse, j'aurai tort. »

Je me moquais de la personne à qui il emprunterait l'argent. Il pouvait même le demander à Edna Pruitt, pour ce que j'en avais à faire. Mais il serait remboursé, j'y veillerai. Quand les Cubs me proposeraient un contrat, j'insisterais sur une prime spéciale pour couvrir ce genre de faux frais. Peut-être mille dollars de plus.

Nous sommes allés au nord de la ville dans la camionnette. Elle lui plaisait. Depuis des années il désirait en posséder une. Chaque fois qu'il trouvait un nouveau chantier, il devait louer la Hauling de Chet pour transporter son matériel.

« Chouette voiture », il a dit en examinant le véhicule.

« Dans deux mois tu auras exactement la même », je lui ai dit. « Sauf qu'elle sera flambant neuve, avec ton nom sur la portière : Entreprise de Construction Molise. »

« Arrête ça, petit. Que sais-tu du monde? »

« J'ai pas besoin du monde. Le base-ball me suffit. »

Découragé, le visage douloureux, il a soupiré. Je me suis garé devant l'*Onyx* et il est descendu.

« Me lâche pas, Papa. Tu es la seule personne au monde sur laquelle je puisse compter. »

« Nous verrons. Je vais en parler à quelqu'un. »

« Merci de me donner ma chance. »

Il m'a crié : « Laisse tomber, t'entends? Laisse tomber. »

Il a claqué la portière de la camionnette, puis est entré rapidement dans l'*Onyx*. J'ai ramené la camionnette à la quincaillerie, et je l'ai garée derrière. M. Parrish a ouvert la porte de son magasin au moment où je descendais. Il a fait le tour de la camionnette en l'examinant sous toutes les coutures. Puis ses yeux froids se sont posés sur moi.

« Que je ne te revoie plus jamais conduire cette camionnette, pigé? »

« J'avais la permission de Ken. »
« Du vent », il a dit.

***

Je ne m'inquiétais plus pour l'argent. D'une façon ou d'une autre, mon père mettrait la main dessus, et dans quelques heures Ken et moi serions partis. Traversant la ville vers le lycée de Roper, j'avais la douce et puissante impression que je ne marcherais plus jamais dans ces rues. Finie l'amertume; finis les souvenirs douloureux. Ç'avait été une bonne ville, l'endroit idéal pour se lancer dans une carrière. Rien de spectaculaire comme New York ou Chicago, simplement une brave petite ville qui avait engendré un formidable joueur de base-ball.

J'ai retrouvé Kenny au drugstore en face du lycée. Il était midi et la salle était bondée de gamins qui déjeunaient. Nous sommes sortis au soleil. Il est resté bourru et inamical jusqu'au moment où je lui ai dit ce que j'avais fait de la bétonnière.

« Je l'ai pas vendue. Je l'ai rapportée. »

« Elle est dans la cabane en ce moment? » il a demandé, son visage s'éclairant soudain. « Grand-maman est au courant? »

« Bien sûr. »

« A la bonne heure! »

Il m'a pris dans ses bras et presque entraîné dans une danse improvisée. Alors je lui ai annoncé la grande nouvelle : mon père m'avait donné son accord pour le voyage en Californie et rassemblait maintenant des fonds. Avec un large sourire, il a posé ses mains sur mes épaules.

« Dom, en ramenant cette bétonnière tu as fait une chose formidable. C'est une très grande preuve d'intégrité. »

« Ç'a été un sacré cas de conscience », j'ai reconnu. « Un homme plus faible aurait certainement cédé à la tentation. »

« Fallait vraiment du cran. »

« Bah... »

« Je suis fier de toi, tu as sauvé notre amitié. Dire que j'étais sur le point de tirer un trait sur nous. »

« Dorothy aussi, j'imagine. »

« Évidemment. Elle déteste la faiblesse. »

L'ancienne flamme a jailli de nouveau, et j'ai dit : « Ken, rends-moi un service. »

« Tout ce que tu voudras, Homme de Fer. »

« Dis-lui ce que j'ai fait. Je crois qu'elle sera contente d'entendre ça. »

« Je te le promets. »

***

A la surprise générale, Papa est arrivé pour dîner. Mama avait préparé une poêlée de rognons d'agneau cuits au vin avec du persil; quand mon père s'est resservi pour la troisième fois, elle est partie en courant dans sa chambre avec un air ravi pour mettre un tablier propre et un ruban dans ses cheveux. Tout excitée, elle a commencé de rassembler les assiettes, bien que nous n'ayons pas fini de manger. Augie s'est accroché à la sienne.

« Oh, tu en as eu plus qu'assez », elle a dit en riant et lui retirant son assiette.

Mon père refusait de me regarder. Quand la table a été débarrassée, et une fois les autres partis, je me suis assis en face de lui pendant qu'il terminait son vin. Évitant toujours mes yeux, il a pris quelque chose dans sa poche de chemise, puis lancé son poing vers moi.

« Tiens. »

J'ai senti un rouleau de billets dans ma paume et j'ai retenu mon souffle. Une vraie fortune. J'ai quitté la table et suis sorti sur le porche de devant pour compter l'argent.

C'étaient des billets graisseux d'un dollar, comme si on les avait ramassés l'un après l'autre. Je les ai comptés avec un pressentiment de catastrophe, puis recomptés. Ils étaient vingt-cinq. Ce ne pouvait être qu'une erreur. Ils me paraissaient tout simplement colossaux. Je les comptais une troisième fois quand mon père est sorti sur le porche.

« J'ai pas pu faire mieux », il a dit.

Ça ne suffisait pas. A lui seul, le billet de bus jusqu'à Los Angeles coûtait vingt-quatre dollars, mais je n'ai pas trouvé le courage de protester. Il avait essayé, il avait fait de son mieux. Quand je l'ai regardé, son visage fatigué, ses yeux humides, j'ai compris qu'il avait traversé une épreuve terrible.

Je l'ai remercié, mais il a deviné mes pensées.

« Et le petit Parrish ? » il a suggéré. « Il a de l'argent. Il te prêtera peut-être le complément, jusqu'à ce que tu gagnes ta vie. »

« Peut-être. »

Il regardait la rue silencieuse, les arbres nus qui ruisselaient dans la nuit chaude. « J'ai eu un mal de chien à trouver cet argent. Maintenant utilise-le. Va jouer au base-ball. Et envoie de l'argent à la maison. »

J'ai glissé les billets dans ma poche.

« T'inquiète pas. Tu ne le regretteras jamais. »

Il s'est retourné et m'a souri, sa paume calleuse serrée autour de mon bras. « Fais-en un muscle. »

« L'autre bras », j'ai dit. « Essaie là. » Je lui ai présenté mon bras gauche. « Serre fort. »

Ses doigts se sont refermés.

« Plus fort. »

Ses doigts se sont enfoncés comme des cerclages d'acier. Lentement j'ai plié Le Bras jusqu'à ce qu'un puissant renflement oblige mon père à lâcher prise. Il a presque ri.

« Pas mal. »

« Ça, c'est pour la force brute. Mais tu devrais voir ce que je fais d'une balle de base-ball. »

« Rappelle-toi. Envoie de l'argent à la maison. »

***

Je savais que je pouvais compter sur Kenny. Chaque semaine, ses parents viraient de l'argent sur son compte en banque, et puis ce n'était pas comme si j'avais été complètement raide et que je lui demandais de financer intégralement mon voyage.

De la rue, j'ai vu de la lumière à sa fenêtre; il était donc chez lui. La fenêtre de Dorothy aussi était éclairée. J'ai espéré que ce serait elle qui ouvrirait la porte quand j'ai sonné, et pas Kenny.

Mais je me suis trompé. Ç'a été M. Parrish.

« Je veux te parler », il a dit en sortant rapidement sur le porche avant de fermer la porte. On aurait dit un bloc de glace. Il essayait de s'exprimer d'une voix aussi froide que possible, mais l'émotion la faisait trembler.

« J'aimerais que tu laisses mon fils tranquille », il a dit. « Et que tu ne remettes plus les pieds dans cette maison. » Son doigt a poignardé ma poitrine. « Est-ce clair? Tu n'es pas le bienvenu ici. » Il tremblait.

« Qu'est-ce qui vous prend? » j'ai dit.

« Maintenant, écoute. Kenny ne participera pas à cette stupide équipée. Ce sont mes ordres. Et il ne te verra plus. Tu as une mauvaise influence sur ce garçon, compris? Alors laisse-le tranquille. Ne viens plus ici, reste dans ton quartier; sinon, j'appelle la police. »

Avant que j'aie pu répondre – mais je n'avais rien à dire –, il est rentré en trombe, a verrouillé la porte à double tour, puis éteint la lumière du porche. Je me suis éloigné, totalement hébété. Je savais que M. Parrish ne m'aimait pas beaucoup, mais j'ignorais qu'il me haïssait. Était-ce parce que j'avais conduit sa camionnette? Ken lui avait-il confié l'épisode de la bétonnière? Était-il au courant de ce qui s'était passé entre Dorothy et moi? Je ne savais pas.

Je ne savais plus rien, ni l'heure de la journée,

ni où étaient mes pieds, ni qui j'étais, ni pourquoi j'existais, et brusquement, alors que je redescendais la colline vers la maison, je me suis moqué de tout, j'étais las des soucis, et à sa façon M. Parrish avait pris la décision à ma place. Le voyage était annulé. Sans Ken, pas de voyage. J'étais trop bête pour m'en tirer seul, je risquais de me tromper de route, d'atterrir à Torricella Peligna, mon village. Mon père avait raison. Je devrais attendre un an. Bon Dieu, Roper n'était pas une si mauvaise ville. Au moins, je pouvais m'y balader sans me perdre. Je rendrais l'argent à mon père et j'attendrais un an.

Alors Le Bras s'est mis à protester, à se crisper, pleurant comme un enfant gâté, me traitant de trouillard, de faux-jeton. Crapule, lâcheur, tu ne penses qu'à toi. Je lui ai donné une tape amicale. Écoute, j'ai dit, nous avons toute la vie devant nous, achevons notre éducation et nous aurons un superbe été ici même, à Roper. Nous travaillerons pour le paternel, nous lancerons le dimanche, nous économiserons. Mais Le Bras a refusé d'écouter mon discours. Il est devenu flasque, renfrogné, il faisait le mort. Je n'ai pu m'empêcher de sourire. Quel malin !

Quand j'ai bifurqué dans notre rue en passant devant la station-service de Art, j'ai vu quelque chose de familier dans le garage qui servait d'atelier de graissage. C'était bel et bien elle, la bétonnière de mon père, le moteur démonté, les pièces étalées par terre, le carburateur baignant dans un seau d'essence.

J'ai ressenti une brusque douleur à la poitrine, les larmes me sont montées aux yeux. Par-dessus l'épaule j'ai vu Art Belden, le propriétaire de la station, vautré sur une chaise en écoutant Bing Crosby chanter *Where the Blue of the Night* à la radio. Je me suis approché, j'ai ouvert la porte et Art a dit : « Salut, Dom. »

Sa gamelle ouverte était posée sur le bureau devant lui. Il portait une salopette blanche, quatre crayons dépassaient de sa poche de poitrine, et je l'ai détesté. J'ai détesté la propreté et la précision des sandwiches au beurre de cacahuète qu'il mangeait, les tranches de pain méticuleusement coupées par sa femme. Je l'ai détestée, elle aussi. J'ai détesté le bungalow gris et cossu de Spruce Street où ils habitaient. J'ai détesté son chien, un colley. J'ai détesté son sourire aimable, et jusqu'à sa réponse avant même que je lui aie demandé ce que faisait la bétonnière de mon père dans son garage.

« *Autrefois* c'était celle de ton père », il a dit. « Je l'ai achetée cet après-midi. »

Je l'ai cru, mais j'ai dit : « Je ne vous crois pas. »

Il a mordu dans son sandwich, coupé la chique à Bing Crosby, puis m'a tendu le certificat de vente, signé par mon père. Pour les vingt-cinq dollars graisseux que je sentais au fond de ma poche.

« Je la rachète. »

« Elle n'est pas à vendre. »

« Je vous en offre trente dollars. »

Il a secoué la tête et versé le lait de son thermos dans une tasse.

« Disons quarante. »

« Écoute. Je veux pas la vendre. »

J'ai sorti le rouleau de billets et l'ai lancé sur la table. « Cinquante dollars. Vingt-cinq maintenant, le reste cet été. »

Une voiture s'est arrêtée près de la pompe et il est allé la servir. J'ai repris mon rouleau de billets, puis suis retourné vers la bétonnière. Elle était aussi usée, abîmée que les mains de mon père, une partie de son existence si étrangement reculée, comme en provenance d'un pays lointain, de Torricella Peligna. Je l'ai prise dans mes bras pour l'embrasser à pleine bouche en pleurant à cause de mon père et de tous les pères, et des fils aussi, à cause de cette période de ma vie, à cause de moi, car maintenant je devais aller en Californie, je n'avais plus le choix, je devais réussir.

TABLE

ACHEVÉ D'IMPRIMER SUR LES PRESSES
DE COX AND WYMAN LTD (ANGLETERRE)

N° d'édition : 1979.
Dépôt légal : janvier 1990.